騎摩托車戴安全帽那一年

1997我成為最台日本人

北村豐晴——著

★推薦序★

（按照姓氏筆劃順序排列）

用中文逗笑一群台灣人，下一秒還能讓大家落淚。

——資深製作人　王偉忠

我喜歡喜劇，也喜歡演喜劇的人。所以一看到北村，就很欣賞他。

北村的外型很適合喜劇，個子不太高、但也不五短，太高的話演喜劇會有障礙，好比九孔（哈哈被我糗了）；北村矮矮的、臉圓圓的，隨時有種害羞又不知所措的表情，特別有觀眾緣，影劇圈裡胡瓜如此、納豆如此，北村，也是如此。

但外型討喜還不夠，喜劇演員比當牧師還難，牧師有聖經，照著唸就對了；喜劇演員沒有聖經可看，只能靠自己。

喜劇不同於其他戲劇，喜劇必須與當地的文化息息相關。好比我們看美國脫口秀，往往罐頭笑聲響起時，我們還在隔靴搔癢，不懂笑點在哪兒，必須要足夠理解美國文化，才能跟著發笑。

因此幾乎沒有外國人敢在台灣演喜劇，還敢拍喜劇，北村以一個日本人的身分，能編能導能演，居然能用中文逗笑一群台灣人，下一秒還能讓大家落淚！確實了不起。我相信是因為北村對於喜劇、對人生、對台灣都有很深厚的研究與體悟，才能拍出有感情的喜劇。

期許北村未來創作出更多優秀作品，如果需要我，我很樂意在片裡軋一角，就像開頭所說，我喜歡喜劇，也喜歡演喜劇的人。北村，要加油內！我永遠支持你內！

★推薦序★

我最喜歡北村了！

——導演　行定勳

北村雖然胖胖的卻很有魅力，是個相當有趣、絕不放棄、堅持到底的男人，也因此他才能拍電影吧。我最喜歡北村了！

★推薦序★

一打開這本書，就準備笑個不停，然後讀著讀著就哭了！

——《翻滾吧！阿信》導演　林育賢

北村桑跟我同齡，生日只差一天，雖然他是日本人，但初次見面我倆就覺得特別熟悉，可能上輩子我們都是一起出過任務的忍者吧！或許他還為了我被敵人插了一刀也説不定。

我們相識於一個電影面試的場景，當時我們都很菜，雖然我是第二副導演，但什麼事都得幹，加上我們的導演是雙子座的，你得接得了他一天七十二變的奇異想法，所以我覺得北村桑會是導演喜歡的同路人，因為忍者多變並且很會接招。很開心他最終推薦成功加入我們的電影團隊，片名叫做《給我一支貓》，夠怪吧！

記得有天拍戲拍到西門町舊TOWER RECORDS唱片行屋頂時，北村桑跟我聊起他的家族故事，他來自日本滋賀縣的忍者世家，會來台灣是因為他太胖了無法順利飛行，所以無法傳承家族行業，只好來台灣透過演戲的機會扮演忍者……他很認真地用有點怪異的中文描述著，我也很認真地想著：「接下來不會一步往前就給我從屋頂往下一跳吧！」

北村桑就是這麼個有趣的傢伙，千萬不要被他每次認真又無辜的表情所欺騙，但你只要不小心認識他，你這輩子就無法忘記他。

你我都很幸運只需透過閱讀文字故事而不用親身體驗那些他媽的傻日子，我相信只要你一打開這本書，就準備笑個不停，然後讀著讀著就哭了。當一個人願意用嘲笑自己的方式來跟大家分享他的故事，那就表示他準備好要翻滾他下一段人生了。北村桑，我十分期待唷！

★推薦序★

你真的很棒！

——演員 金剛

我能體會在異鄉打拚要被認同跟肯定，是一件很難的事情。北村豐晴（林湘海），我口中的老人家，你成功了，一路從演員到導演，也終於第一次入圍金鐘獎，當了北村家的老闆，雖然還是小任導演得獎，但我很替你開心，因為入圍已經是種肯定了！辛苦了這麼多年，終於被認同了，現在居然還出書了？答應要幫你寫序的同時，我在想自己能說多少東西，畢竟有太多事情是三言兩語都無法交代清楚，寫到這裡也差不多了，最後還是要說，你真的很棒！

有點色又充滿正能量，打不倒的北村豐晴！

——演員　許瑋甯

北村是我十八歲時拍的第一部戲《家有菲菲》時認識的，所以算一算我們已經是十多年的朋友了。和他相處的時間並不多，但每一次看到他對工作的認真和感受到他對朋友的熱情，甚至是面對挫折時的北村式樂觀和勇氣，都讓人覺得即使是天大的事情，只要笑一笑就會過去……

北村就是一個力量的存在。這本書寫著他的故事，希望你們也能感受到、看到我眼中這個可愛幽默，有點色又充滿正能量，打不倒的北村豐晴！

★推薦序★

一個日本受精卵進化成台灣特有種的變態史

這本書是探討一個日本受精卵進化成台灣特有種的變態史。任何扭曲的事情發生在北村身上都會變成有趣的邏輯，這應該是他特有的魅力吧！

——導演　許肇任

一位心思細膩的詩人

身為他的十幾年好友，這一次，他真的很誠實。大家對他的外型常有誤會，其實他是個心思細膩的詩人。

——演員　陳柏霖

強力推薦給大家，北村導演的心路歷程！

——演員　鳳小岳

現在想想，時間過得真是驚人地快，十四年前獨自一人放學逛西門町在路上遇到北村與蕭力修導演後，拍了我人生的第一支影片──《神的孩子》，從此改變了我的世界。如果不是北村導演一開始對於夢想的執著與堅持，那麼我也不會有之後的機緣。我從他身上看到一個人是如何不把夢想留在夢裡，而是一步步地透過考驗去實踐，成為現在這麼有才華的人。對於他什麼都不怕的精神，勇敢活出夢裡的自己，我是敬佩又崇拜。我強力推薦給大家，北村導演的心路歷程！

十年是一種很玄的東西

——麻醉風暴系列　導演　蕭力修

十年是一種很玄的東西～對電影來說，對人生來說，對台客導演北村豐晴來說。

PART 03 成為演員之後，朝導演之路前進

番外篇 我心愛的寶貝豬——「豬麗悅」

CONTNETS

導演電影作品

- 2000年：《歐巴桑》
- 2001年：《福爾摩沙》
- 2010年：《愛你一萬年》
- 2013年：《阿嬤的夢中情人》

導演電視劇作品

- 2013年：《流氓蛋糕店》
- 2015年：《台北愛情捷運——奉子不成婚》
- 2016年：《植劇場——戀愛沙塵暴》
- 2017年：《逃婚一百次》

演出電影作品

- 2002年：《給我一支貓》
- 2002年：《月光遊俠》
- 2003年：《2003年 寧靜的夏天》
- 2005年：《巧克力重擊》
- 2005年：《經過》
- 2005年：《春之雪》
- 2006年：《幻遊傳》
- 2008年：《海角七號》
- 2008年：《宇宙歌女》
- 2008年：《渺渺》
- 2010年：《一個夜晚》
- 2011年：《皮克青春》
- 2012年：《殺手歐陽盆栽》
- 2012年：《女孩壞壞》
- 2012年：《西門町》
- 2012年：《甜祕密》
- 2013年：《變身》

- 2013年：《馬德二號》
- 2013年：《阿嬤的夢中情人》
- 2014年：《好久沒有敬我了你》
- 2015年：《沙西米》
- 2016年：《樓下的房客》

演出電視劇作品

- 2002年：《心動列車》
- 2003年：《寒夜續曲》
- 2004年：《愛情合約》
- 2004年：《香草戀人館》
- 2004年：《家有菲菲》
- 2005年：《惡作劇之吻》
- 2005年：《再看我一眼》
- 2006年：《白色巨塔》
- 2006年：《我們結婚吧》
- 2007年：《惡作劇2吻》
- 2007年：《泥巴色的純白》
- 2008年：《幸福的抉擇》
- 2012年：《你是春風我是雨》
- 2012年：《S.O.P女王》
- 2012年：《小站》
- 2012年：《數到第365天》
- 2014年：《流氓蛋糕店》
- 2014年：《真愛配方》
- 2014年：《你照亮我星球》
- 2014年：《終極X宿舍》
- 2016年：《植劇場——戀愛沙塵暴》
- 2016年：《當你微笑時》
- 2017年：《酸甜之味》

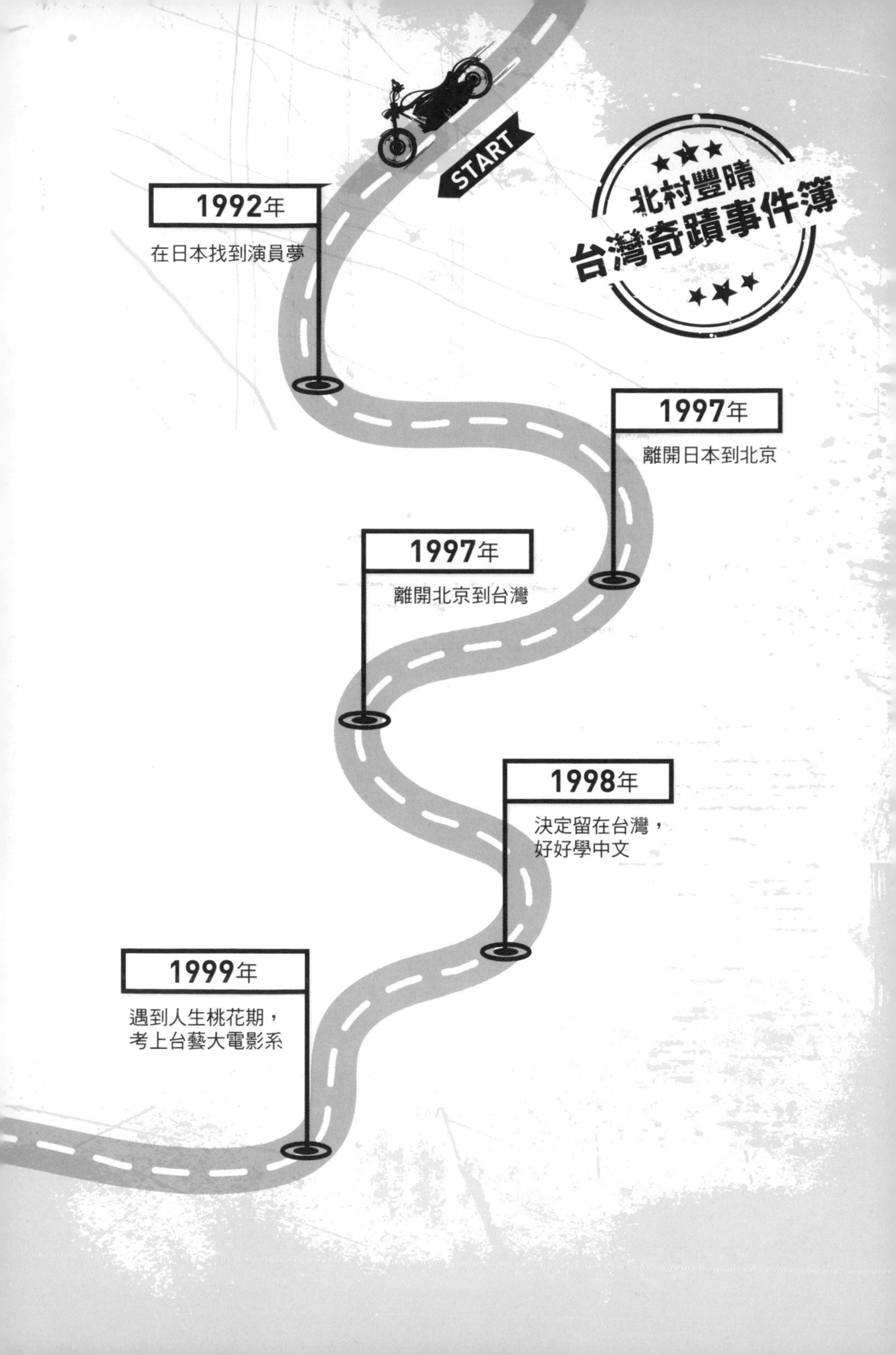
北村豐晴
台灣奇蹟事件簿
START
1992年
在日本找到演員夢
1997年
離開日本到北京
1997年
離開北京到台灣
1998年
決定留在台灣，
好好學中文
1999年
遇到人生桃花期，
考上台藝大電影系

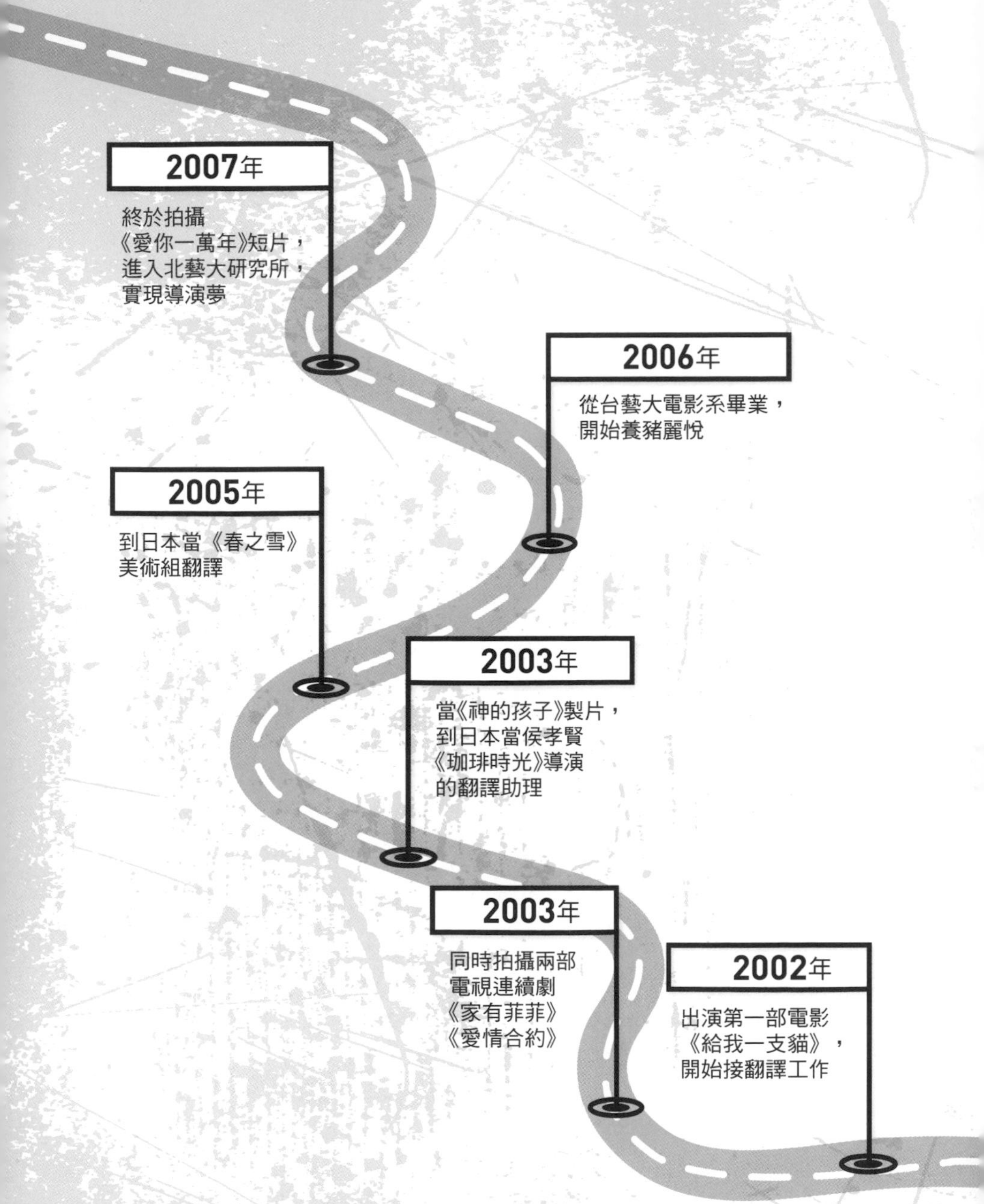
2007年
終於拍攝
《愛你一萬年》短片，
進入北藝大研究所，
實現導演夢
2006年
從台藝大電影系畢業，
開始養豬麗悅
2005年
到日本當《春之雪》
美術組翻譯
2003年
當《神的孩子》製片，
到日本當侯孝賢
《珈琲時光》導演
的翻譯助理
2003年
同時拍攝兩部
電視連續劇
《家有菲菲》
《愛情合約》
2002年
出演第一部電影
《給我一支貓》，
開始接翻譯工作

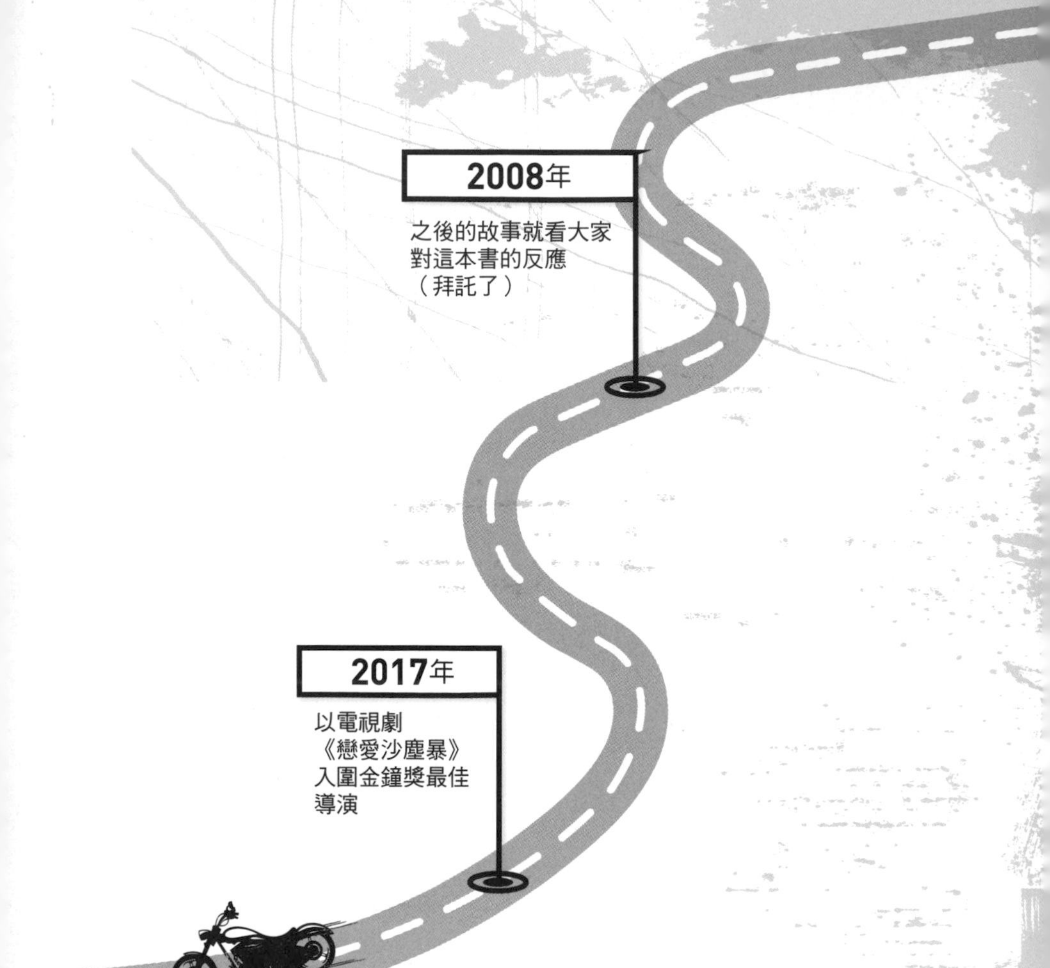
2008年
之後的故事就看大家
對這本書的反應
（拜託了）
2017年
以電視劇
《戀愛沙塵暴》
入圍金鐘獎最佳
導演
NEVER END

PART 1

只會說「謝謝您的照顧」之前

我以為高中畢業＝處男畢業

我出生在日本滋賀縣甲賀市，是忍者（ninja）的故鄉。很多人不知道滋賀縣在哪兒？就是京都隔壁！有名的只有琵琶湖。有一天我上網找滋賀縣的第一名是什麼？結果找到全國痴漢被抓的人數第一名。

其實，滋賀縣是一個美麗的鄉下。房子幾乎都是獨棟。人人擁有一台車，高中以下的人都有一輛腳踏車（國中生要戴安全帽）。我的第一段青春期也在滋賀縣。那是十八歲的夏天，擁有摩托車YAMAHA SR400之前，移動範圍只在騎腳踏車能到的範圍（騎一個小時是小case）。但有SR之後，我似乎像擁有翅膀的鳥一樣，到處飛、飛、飛，飛到京都、大阪、東京等等。

我十歲開始打棒球，打到十八歲夏天。現在回頭看，似乎除了打棒球與打手槍之外什麼都想不起來。十八歲夏天前的我，是過著早上六點練棒球，白天上課，下課繼續練棒球的日子。十點回到家，吃飯、洗澡、打手槍，然後睡覺。想想比當兵還辛苦呢。

連牽手都不敢，純純的硬派戀愛

談戀愛？當然有！第一次談戀愛是十四歲。那個時候很純情，連牽手都沒有。只是講電話而已。（三十年前當然沒手機，是打電話到家裡。有時候打過去由對方家人接到，就會讓我緊張得要死。）雖然我們是同班同學，但是偷偷在一起。現在回頭來看，怎麼這麼蠢？又不是辦公室外遇。為什麼是祕密呢？我只能說，那時候我非常硬派（kouha）[1]，不敢跟朋友說，我有女朋友了。那時候覺得，交女朋友是軟派（nanpa）[2]的行為。因此，沒多久就分手了。

第二次談戀愛是十五歲。這次不是偷偷在一起，但我還是不敢跟她手牽手。現在如果有時光機的話，我很想跟十五歲的我說：「他媽的！趕快牽她的手！她要你又牽又親！抱抱她！」那個時候的我還是沒有勇氣。因此，在一起斷斷續續兩年，連牽手都沒有就分手了。

後來高三時，跟當時的女朋友，卻是在國王遊戲的命令下，才有機會親了十秒鐘。那十秒之後，我好像變了一個人。親嘴的高尚感瞬間幻滅，這個轉大人的儀式讓我從硬派轉到軟派，整個人有了急速變化，突然變大膽了。啊！色即是空，空即是色，我後來才知道句話的「色」和很「色」的意思完全不同。

當演員的夢想開始起飛

高三的春天，老師跟我及媽媽認真討論起未來。在日本這叫三者面談（三方會談），通常老師會問學生日後決定考哪一所大學、專門學校或想要應徵哪一家公司。

當時我聽了之後說：「我要當舞台劇演員！」

老師：「哪一個劇團？」

我：「還沒決定！」

老師：「你有看過哪一些劇團？」

我：「還沒有看過！」

老師：「那，你先看看再說吧。」

我：「好吧。」

媽媽：「不好意思，請照顧一下我的笨兒子。」

因此，我十八歲第一次一個人坐火車去大阪。雖然是一個半小時的車程，卻超級緊張。跑去看了兩齣舞台劇，其中一個叫《カッパのドリームブラザーズ》（河童的夢兄弟）。看完後覺得這個劇團是我命運中的劇團！

我要加入這個劇團！在我的心裡立下了這個志願。

高三放暑假，很多同學都在拚命念書的時候，我才開始享受遲來的青春生活。打棒球時一定要剃光頭，所以我的十三到十八歲都是剃光頭。加入劇團後，我終於可以留頭髮玩髮型了。我試了很多種短髮，也用了很多髮膠，也染頭髮、燙頭髮。每天看鏡子的時間越來越多。這點我想台灣男生比較容易有共鳴，就是那種當兵退伍的感覺。

頭髮留長了，看起來比較成熟（自以為大人）。因此，抽菸喝酒、打柏青哥、租A片（二十五年前沒有網路，看A片就是要租錄影帶）都不是偷偷摸摸，是光明正大的享受。那個時候的我覺得，不管年齡，留頭髮就可以抽菸喝酒（在日本二十歲以下請勿喝酒抽菸）。

我要的是愛，不是做愛

那時候最關注的大事件，就是身邊的男生一個個都是處男畢業。處男們的口號是「高中畢業前，處男畢業！」連乖巧、長得不怎麼樣的都想要從處男畢業。我也開始緊張，朋友說先隨便找一個看看。那時候我有一個喜歡的女生（開玩笑地告白過一次），但是她說我們當朋友比較好。沒多久也有人跟我告白，雖然心裡沒那麼喜歡她，但還是在一起了。

開始約會，每天聊天，之後我慢慢喜歡她。但矛盾的是，我心裡有喜歡的人。因為跟女朋友的關係越來越親密，已經到三壘了（現在年輕人很少用這種方式形容）。

我要打全壘打的那一天下午，去了女朋友家，快要打的那時候卻發現，我的鼻子出現大量黏黏的液體，我以為因為自己太衝動，鼻子射精了！結果開始流鼻涕、打噴嚏。不停地打噴嚏與流鼻涕。啊！女朋友每天跟貓睡在一起。我呢？從小對貓過敏，因此那天只流了一堆鼻涕後就回家了。

那天晚上我忽然想通了，我覺得我不能這樣，不可以精蟲沖腦，我要的是愛，不是做愛！因此，當天晚上就跟女朋友分手，後來我選擇跟真愛告白。結果被拒絕了，連朋友都當不成。那天我自己破壞了友情與愛情，還有我的處男畢業典禮。

不過，那天我想通了，這種經驗現在笑不出來，但是，有一天可以笑得出來。雖然我還沒笑出來，但聽過這個故事的人，都笑得很開心。

1 「硬派」在日語指的是喜歡展現男子氣概、不近女色，覺得和女生交往是比較軟弱的行為。

2 「軟派」在日語中是一個挺悠久的詞，源自明治時期，把那些拈花惹草、追逐女人的男人稱為「軟派」。

我要離開日本，出發去大國

我從小都是學校的班長或副會長，在棒球隊也是當副隊長。我比較喜歡當不用負責，但是有權力的人。喜歡表演，也喜歡熱鬧，所以，學校節目一定有我的演講或表演，我很喜歡讓大家笑，算是學校風雲人物。因此，情人節收到很多義理巧克力[3]，但沒有本命巧克力[4]。我的高中生活，有很多人喜歡我，但沒人愛。高中就這樣畢業了，而且還沒有處男畢業。

高中畢業之後，一個人搬到大阪。說是一個人，其實隔壁住的是同鄉朋友。他是為了追求樂團夢去大阪，我們同樣抱持理想與夢想。我是為了加入劇團，追求我的演員夢。

我跟媽媽說，如果四年都沒成就，就回老家當廚師。其實，一轉眼就四年了。這四年我換了二十個以上的工作，包括劇團演員、單口相聲學徒、賣烤地瓜、挖土的工人、柏青哥店員、職業柏青哥、百貨公司叫賣哥（賣化妝品）、交通指揮、穿玩偶裝、搬家工人、焊接工人、貼色情廣告等等。在大阪的四年，我是個一事無成的半吊子，換工作、換女朋友，還自我感覺良好。我二十一歲的夏天，被單口相聲的師傅開除了。被開除的原因，下一本再說（如果這一本賣得好再說）。

總之我被開除了。我跟媽媽約定，四年沒成就就回家。身邊的朋友，有的念大學快畢業，而工作的人已經有四年經歷。沒結婚的人結婚，有的結婚又離婚。我呢？都沒有。沒有夢可追了，沒有活力，沒有行動，女朋友也沒有，工作也不想做。我玩完了！

那段時間常在圖書館。因為不想工作但家裡很熱（沒冷氣），所以去圖書館看書吹冷氣。那時候剛好看到中國留學指南書，封面的標題是：一百萬日幣就可以在中國生活一年，還可以說流利的中文。我拿這本書的時候閃了一下，十九歲的回憶跳了出來。

想到十九歲的我，只出國一次，跟劇場的人一起去泰國表演。有一個團員會說泰語。他長得不怎麼樣，但他說泰語，很多泰國人大笑。我覺得會說外語很帥！所以，我以後也要學外語，希望每年出國一次看看世界，但是，我忘記這回事，直到拿起這本書才突然想起來。

那個時候的我以為，出國留學的人超有錢；那個時候的我以為，會說外文的人很聰明；那個時候的我以為，日本太小不適合我。所以看到這本書之後我覺得，好像我也可以！我要離開這麼小的國家，我要去大國！

那天晚上我夢到中國女神。忘記詳細的樣子，就是刻板印象中穿旗袍的中國美人。她揮手說：「你要來北京！我等你喔！」很像製作費便宜的廣告的感覺。不過，從那天開始，我的夢想就是要去北京。有夢就有行動力的我，馬上找到高薪資的工廠勞動工作，晚上又去柏青哥打工。

雖然很累，但我有夢！有夢就可以說服自己。我一定要有目標，追夢，才有活力與行動力。追夢時候的我好像比較有魅力，很容易交到女朋友。因為快要離開，所以開始捨不得，珍惜在一起的時間。就像歡送會的時候，比較容易哭一樣。於是，我抱著滿滿的希望與七十萬日幣（最後存不到一百萬），帶著兩本中日辭典與不安出發。一九九七年二月，我終於離開日本了。

3 「義理巧克力」是一個日本社會特有的詞彙，一般指的是女性在情人節當天，對並非戀愛或者心儀對象的男性朋友，只為表示感謝對方往日對自己的照顧，或者期待在白色情人節時收到回禮而贈送的巧克力。

4 「本命巧克力」指的是日本情人節當天，女性向心儀的男性贈送的巧克力。對方可以是男朋友，或者是自己的丈夫。

那一年，我隻身前往大阪，
換了 20 個工作，還是一事無成……

本來要去當單口相聲的演員，卻被師傅開除了。

在大阪的四年，我是個一事無成的半吊子，換工作、換女朋友，還自我感覺良好。

北京，謝謝您的照顧

決定要出發去北京之前有一年的時間，我買了附有ＣＤ的初級中文書。每天在車上當作背景音樂重複聽。一開始覺得完全聽不懂，但聽了一年還是完全聽不懂。每天說媽麻馬罵。後來發現，沒有用心聽的話，聽一萬次都聽不懂。因此去北京前，我只會說：「謝謝您的照顧。」

所以，我上飛機就開始使用我會的中文。

空姐給我飲料，我就說：「謝謝您的照顧。」

空姐給我餐點，我就說：「謝謝您的照顧。」

空姐給我咖啡，我就說：「謝謝您的照顧。」

空姐教我正確的發音。於是，「謝謝您的照顧」的發音越來越好。

現在回頭看，很可笑呢。太有禮貌了。

剛到北京就搭上違法計程車

我買的機票是青島轉機去北京的票。那時候我傻傻的不知道轉機，到青島的時候，我以為坐錯飛機了，有點慌張，但到了北京機場更慌張，因此，我上了違法計程車。車上有兩個司機，一個很矮，一個很壯。上車時沒看到計程車的招牌，我指著車子說：「This is No Taxi.」司機從後車廂拿出招牌說：「Yes! Taxi!」然後，我就上車了。我忘記坐了多久的車程，他們要跟我收八百元人民幣，我覺得很貴，他拿表格給我看，上面寫幾公里多少錢。雖然日本的計程車資也很貴，但這裡是北京，我很不服氣，因為不知道怎麼說，最後我只好說：「謝謝您的照顧。」那天我用最正確的發音這樣說。

後來發現，留學指南書上第一個就有寫，到了機場千萬不要坐違法計程車。我念了中央戲劇學院（之後簡稱中戲）。學校裡日本人、外國人不少，很多新同學常被騙。但是我的金額是那個時候的新紀錄（第二名是五百元），可能到現在都還是第一名吧。

別人是大吃一驚，我是大吃一斤

我知道真相後覺得很生氣，決定不要再被騙，於是做事很小心，乾脆把每個人都當成騙子的感覺。我一開始不想跟日本人來往，因為來北京用日語是浪費時間，所以我盡量一個人或跟大陸人一起。

不過，我連點菜都不會。第一天晚上我要點一份水餃，服務生跟我說：「一份吃不下，半份就可以。」（我聽不懂，但猜他這樣說）我手比「一」「一」「一」OK？服務生無奈地回去。然後我跟服務生說：「我要白飯。」服務生翻白眼給我看。對日本人來說，水餃是菜，但對中國人來說，水餃跟白飯是一樣的東西。我的行為像是炒飯配白飯一樣。當然那個時候的我，什麼都不知道。

沒多久像山一樣的水餃就來了。我看到了一斤的水餃，這個叫做大吃一斤。不過味道很好，是我人生第一次吃水餃（在日本沒吃過），也第一次看到一整顆大蒜。我幾乎一個人吃完一斤水餃了。

第二天去買自行車（腳踏車）。為了要練習獨立生活，我還是一個人去。比手畫腳買了一台車後（有殺價），又得意又有成就感。我在北京大馬路騎腳踏車，感覺很像腳踏車飛上天！大概騎了三十公尺後，螺絲好像一個一個掉下來的感覺。腳踏板掉了，支撐的棍子也掉了。我一瞬間不知道發生什麼事情。腳踩空了幾秒，發現我的腳踏板都不見了。於是，我把螺絲一個一個撿起來，回腳踏車店。老闆看到我時，很不高興的樣子，好像是我弄壞他的腳踏車一樣，他用榔頭很粗魯地修理。

腳踏車的腳踏棍子，用時鐘來形容的話，應該是呈直線的，像是六點整的方向。但他弄完後的樣子是六點五分。我不要六點五分，我要六點整！（比手畫腳地說）他非常不甘願地修理。後來修好了，我還是說：「謝謝您的照顧。」發音又進步一些了。

第三天開始，我跟日本人來往。我感受到與同鄉前輩相處的安心感。他們分享了很多經驗：哪裡附近有菜市場，可以買東西來自己煮飯、哪裡的餐廳便宜又好吃、找家教或找語言交換會進步得很快、哪裡買CD比較好等等。從那天開始，我再也沒用過「謝謝您的照顧」這句話。

學中文怎麼這麼難

很多台灣人不曉得，學中文多難。是超級難的！我學中文二十年還是這樣。聽過我說中文的人都知道，我的發音還帶著很濃的日本腔調。

來北京一個禮拜就開學了。因為我完全聽不懂，所以當然從初級班開始。但是老師只會說中文，用中文教中文。

這個意思是，和對牛彈琴一樣。每天早上八點到十二點的課程，前一個月，其實完全聽不懂，好像每天聽義大利歌劇四小時的感覺。但我還是坐在最前面聽老師說話，有時候點頭，有時候笑。老師以為我聽得懂，但其實我都聽不懂。

每天下課後，先複習，後預習。四個小時課程的預習與複習，這樣一天很快就過了。從小不曾用功念書的我，沒想到在二十二歲的冬天，第一次這麼認真K書，很可能是這輩子最努力念書的時刻。但這個過程好像要在沙灘上打釘子一樣，完全沒有打到的感覺。

但是，第二個月突然有了一點變化。雖然還是聽不懂，只有聽得懂一點單字，大概聽懂百分之十，但我非常有成就感。聽得懂的單字越多，我就越猜得到他說什麼。我看老師的表情加上百分之三十的單字就知道他問什麼，不知道是我的中文進步還是猜謎進步了？

開始聽得懂一點點後，我就找語言交換。中戲是出名的美女學校，鞏俐、章子怡都是這邊畢業的。我本來想找女生，但那時候我在日本有女朋友，因此找個男生來做語言交換。我們常常出去外面戶外活動，買東西、吃飯等等。如果他是美女，我想我們很快就談戀愛了。

寂寞的北京，只有內褲廣告可以陪我

北京的冬天又冷又乾燥，很容易感到寂寞。我去北京時沒帶任何色情的東西，連A書都沒帶，只帶了一些服裝雜誌。現在的話，電腦或手機就可以看到裸體照或沒有穿衣服的女生照片與愛情動作片等等，如果只想發洩的話很容易。但一九九七年的北京，什麼都沒有。也不好意思跟室友說：「不好意思，我想打手槍，有沒有任何A書？」

我到北京十七天都完全沒有發洩，對於二十二歲的健康日本男子漢來說，十七天已經是金氏世界紀錄的程度。我低頭看小北村，它瞪著我看，說：「再不碰，我就要自己爆發！」

因此那天下午趁室友不在的時候，我就執行A計畫了。結果我看什麼呢？我最後選Calvin Klein的內褲廣告就發洩了。二十二歲的我，如果全世界沒有A片、A書，還可以活下去，只要有Calvin Klein的內褲廣告就好。

遠距離戀情好難維繫

我學中文三個月的時候，我女朋友到北京找我一起過生日。那時候跟日本女友的連絡方法是打電話或寫信，電話費很貴，寫信很慢。沒見面幾個月就很久很久沒碰面的感覺。女朋友來找我的時候，我一定要好好表現一下。聽不懂中文的她覺得，我非常流利地說中文。其實那時候只會說一點點而已。

比如在餐廳——

我：「這個，那個，今天，看起來，嗯，這個，好吃嗎？」

服務生：「非常好吃！」

我：「好，我要這個！」之類的。

計程車上——

我：「我要去，那個，有名的，人很多，那個，天，天……」

司機：「天安門？」

我：「對，對。」之類的。

總之，她很開心。

那天晚上好好地愛她——

她：「你的味道變了。」

我：「我有洗澡刷牙呢。」

她：「身體本身的味道變了。」

我：「怎麼說？」

她：「中華味。」

那天晚上的印象很深刻。她說見面之後更愛我了，她可以等我一年。我離開日本三個月的時間感覺很漫長，遠距離戀愛很辛苦，想見面卻不能見面，想碰不能碰等等。我那個時候，覺得學中文一年不夠，可能需要兩年時間才能把中文學好，因為我不想再半途而廢了。我想要和她這麼說，但說不出口。

不過，她回日本後，沒多久我們就分手了。她打電話過來說，她被不良少年打了，她很難過，但我卻不在身邊，所以她想分手。我為了挽救愛情，回了一趟日本。我為了給她驚喜，到日本才打電話跟她說。

我：「我回日本了，我現在去找妳。」

她：「為什麼？」

我：「因為很擔心，妳在哪裡？」

她：「我在醫院，但你不要過來。」

我：「為什麼？」

她：「我被打的時候，有一個人保護我。他被打得比我慘。我們兩個在醫院，不希望你來這邊。」

我終於清楚了，她已經有喜歡的人。我有沒有回來不重要，甚至不需要回來。我在關西機場的公共電話前發呆了一陣子。

隔天，我就離開日本了，因為沒有再買回北京的機票，這次便選擇坐船去天津，然後去北京。我沒有了回程機票，在去天津的船上，我看著大海默默地發誓，決定要留在北京好好學中文，不要再半途而廢，反正在日本沒有遺憾了。

第一次去北京的時候充滿不安，而這次是下了決心要去北京。雖然只過了三個月，但在這次的回程中，我好像覺悟了，真的長大了。

一句中文都不會說，帶著不安與厚厚的中日辭典前往北京。

都到了北京怎麼能不上去萬里長城看看呢？

用一句話，感謝北京給我的照顧

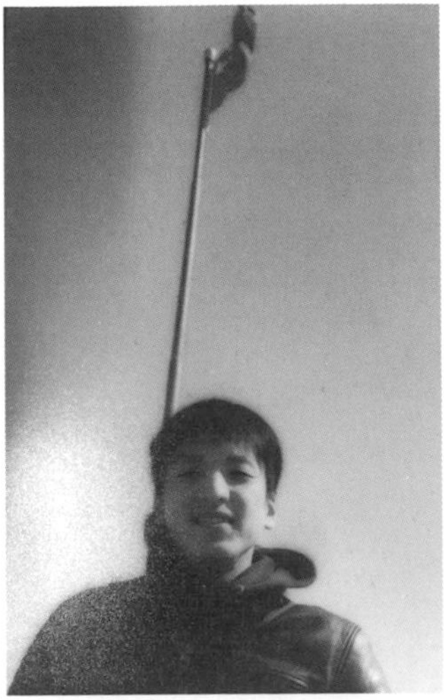

在天安門前面拍照。

我頂著一頭金頭髮，
倒在矮牆上曬太陽。

和一起學中文的朋友們
體驗北京的夜生活。

台灣，充滿奇蹟的福爾摩沙

我傷心地回到北京後發覺，我竟然很熟悉這個環境。乾燥、髒亂、噪音，這些我三個月就習慣了。雖然中文有進步，但還是很差。如果再學半年，進步空間也不大。我認為學兩年以上的人才算是「會說中文」。我要繼續念書，但我的存款剩下不多，只能再支撐半年的學費與宿舍費。有一些日本人有打工，但薪水超少的。一天八個小時，一個月八百人民幣（驚），跟我的計程車費一樣！

我也想過，先回日本工作再回來北京。但我不想浪費時間。大家說跟父母親借錢，不是要錢，借錢就可以。但我沒有這個打算，我一定要自己解決。現在回頭看，如果我們家很有錢，容易跟父母親借錢的話，我的人生就變了；我應該會留在北京。

我只需要一個可以邊學中文、邊存錢的地方，大家說沒有這樣的地方。那個時候，有個台灣留學生說：「去台灣就ＯＫ啊。台灣物價跟日本差不多，有機會找到工作。大家說國語，而且女生都很漂亮溫柔。台灣是福爾摩沙（美麗之島）。」

我馬上決定要去台灣，開始找台灣的資訊，也想想有沒有認識的台灣人。結果有一個，但是個連長相都不記得的人。他叫益紹桑，我在高中時打工（只是幫忙晾毛巾）的美髮店裡的台灣人。那時候他來日本實習，我有跟他聊過幾次天。我相信他也不記得我了吧。

我打電話到日本跟媽媽說：「我要去台灣，可不可以請美髮店老闆（master）跟益紹桑媽媽說。」

後來美髮店老闆（master）打電話給張媽媽打個招呼。我再打電話給張媽媽，張媽媽會說流利的日文，她說：「歡迎你來台灣，你可以打工，提供吃跟宿舍給你。因為你是master的朋友，他的朋友就是我的朋友。」

我在宿舍公共電話前面，一直鞠躬，高興得跳起來。因此我決定，這個學期結束後，暑假要去台灣了。我很喜歡緣分，也相信緣分。我感受到我跟台灣有緣分！

我不知道我會什麼，但我要追求夢想

一九九七年七月一日，香港回歸中國。那天我從宿舍的電視看到報導。大家都在開慶祝party，因為我感冒了，心情很差，心靈很脆弱。我一個月後要去台灣，但其實很多事情都不確定。

如果找不到工作，還要回來北京念書嗎？錢怎麼辦？要怎麼去台灣？飛機？火車？如果找不到工作怎麼辦？在台灣能找到可以存錢的工作嗎？我有什麼才藝？心裡有很多不安。

看著香港回歸的畫面，好像很熱鬧，大家很開心。但誰都不知道，未來會怎麼樣？那時候的我，最大的問題是「我會什麼？我有什麼才藝？」遇到這個問題就很擔心。我好像什麼都會，但其實什麼都不會。

我現在四十三歲，其實這個問題一直都在我身上。我的身分很多，導演、演員、配音、編劇、廚師、餐廳老闆等等。因為我沒有自信把一件事做到好，所以做越多事情才有辦法越讓我安心。簡單來說，我不是一問專賣店，我是一家百貨公司。

追求夢想就是我的夢想

二十三歲的我要面對的事情是，我不知道我會什麼？但我知道我要繼續追求夢想。那我的夢想是什麼？其實，那時候我的夢想是「追求夢想是我的夢想」。雖然很奇怪，但是夢想的具體化是來台灣之後的事。

我的夢想一直改變，一直不一樣。

二十三歲時，我喜歡安慰自己的話是：「才華是絕不會放棄的精神」與「追求夢想是我的夢想」這兩句話，當我迷惘的時候可以幫助我，但現在回想起來，覺得很笨，因為這句話是無限循環。

離開北京要來台灣時，先坐火車到香港。還是先看一下回歸後的香港，然後在香港買去台灣的單程機票。只帶三百美金，只認識一個人，現在回頭看，我瘋了。但二十三歲的我很樂觀，不怕！

但是，到了台灣的海關後，馬上就有問題。因為我沒辦簽證，沒簽證的話，需要買回去的票。而且只能待兩個禮拜。要辦簽證就要有財力證明或離開台灣的機票。我兩個都沒有。我跟海關要求，要辦兩個月的簽證。因為我來找我的叔叔，他超級有錢。在我們去美國前，先在台灣玩兩個月，所以我需要兩個月的簽證。

現在回想起來，我根本是騙子呢。而且那時候我的外型是金色長髮，看起來也不是好人。現在台日關係很好，所以沒簽證也很容易進來。但一九九七年的台灣還是很嚴格。他說我不能進台灣，甚至要強制我回國。

我在海關辦公室，解釋了三個小時。我很認真地說，我多想來台灣，我來台灣要做什麼……等等。最後，海關把一個月的簽證給我了。我的衣服上，都因為流汗流到有鹽巴了。

如果那次我被強制回國的話，就絕對不會再回來台灣了。我會恨台灣一輩子。我常常跟日本人說，台灣有很多奇蹟（Taiwan miracle）。因為我第一天就遇到了台灣奇蹟。接下來，我還會遇到更多Taiwan miracle！

我沒有自信把一件事做到好，做越多事情才有辦法讓我安心。

用破中文找到高薪工作

好不容易辦完簽證了。張媽媽的員工到機場接我。那時候沒有手機，他很擔心我在機場裡面發生了什麼事？到底有沒有來到台灣？所以看到我的時候，他很開心地笑了。看到他我也終於放鬆，快要哭出來了。我們從機場直接到美髮店。張媽媽與益紹桑迎接我。看到益紹桑的時候，其實我完全不記得他的臉。他也不記得我這個打工的人。我們是彼此幾乎都不認識的兩個人，但他們還是歡迎我，提供給我宿舍與三餐。他們說，先休息幾天再上班。我自願隔天開始上班。

他們問我，我這行做多久？

我：「從來沒有做過。」

張媽媽：「你不是在美髮店打工？」

我：「我只洗毛巾。」

他們：「……」

我：「……」

因此，我的工作是開門，送茶。

我跟他們說，希望能夠找到日本料理店的工作。如果找到工作我就搬出去，我可以自己養活自己。他們說，外國人在台灣其實不容易找到工作，就當作暑假來台灣玩，還是提供宿舍與三餐。他們對我超級好，讓我感受到台灣人的熱情與溫柔。但我不好意思白吃白住，我一定要找到工作。但是他們說得沒錯，我要怎麼找到工作？又不是很厲害的廚師，我只能當助手。而且我希望的薪水是三萬五千元，還另外要包含宿舍。現在有旅遊打工簽證，也有很多日本料理店。二十年前的環境跟目前差很多。現在回頭看，我也覺得不可能找到工作。

一個月三萬五千元的工作哪裡找？

我在美髮店打工幾天，我每天的工作是開門、送茶、聊天，覺得自己很沒用。

上班第五天，希望的風吹進來了。我一樣開門、送茶。走進來的客人是日本人。他叫S桑。他說自己的店明天開幕，也就是斜對面那家日本料理，走路十秒就到，要我有空去喝咖啡。我覺得一定要把握這個機會。因此，那天下午就去找他，第二天也找他，第三天就開始上班。我跟他說先不談薪水，看完我的表現再給我。沒有薪水也沒關係。

我每天拚命工作。我是他的廚房助理，也是他與其他員工的翻譯。我努力學廚房裡需要用到的中文。工作時我一直看他，因為我必須知道他要什麼？因此，兩個禮拜後，我變成他需要的人。S桑那時候的年齡快要五十歲，是個豪邁，大方的男人。他喝酒前是個紳士，喝醉酒就變色狼大叔。他的故事很有趣。他會說流利英文，去過很多國家，開過很多餐廳，有結過婚，也離過婚等等。對二十三歲的我來說，他的故事很刺激、很色。我很喜歡聽他喝醉後說的故事，但他喝多了就什麼都不記得，開始亂講、亂罵人，有點可怕。雖然酒品很差，但我還是喜歡他。

時間過得很快，我的簽證時間（三十天簽證）快到了。我找時間跟S桑談接下來的事情。我跟他說，我想留在台灣，也希望在這邊上班。但一年後我要回北京念書。我希望在台灣賺學費，因為未來我要念中央戲劇學院，想要當演員。我需要的錢是一萬元的房租，一萬元的零用錢，兩萬五千元存下來，總共四萬五千元。二十三歲的我很會計畫。我知道四萬五千元的薪水很多，但是S桑應該會答應，不過他的合夥人是個台灣女生意人，很難說服她。我的薪水可以請兩個台灣人了。不過，她知道我在的話，S桑就會很開心。成功的機會是百分之五十，我賭下去了。結果，他們提供宿舍給我，因為我的薪水是三萬五千元。理論上，這樣可以存錢，一年後可以回北京，一年後我的中文就會變得很好。只待了一個月的台灣，我抓到追求夢想的機會。我賭贏了！我的台灣奇蹟，開始了！

我絕對不會再被騙了

我在日本料理店上了一個月的班後，找到一年限定的工作。剛好三十天簽證也沒了，我要回北京一趟，辦事兼拿東西。

我買了從台灣到香港的來回機票，因為機票很貴，我決定到香港後去廣州，再從廣州搭火車到北京。又省錢又可以旅遊。日本料理店的老闆娘說，那邊很多騙子要小心。那個時候的我很有自信，因為我在台灣的一個月中文進步很多，所以我跟她說：「別擔心，我不會被騙的！」

結果，我在廣州買到假的票。因為那天不舒服，我不想排隊。加了點錢買黃牛票，雖然貴一點（兩百人民幣）。跟賣黃牛票的人開始喇賽，殺價。他們覺得我很牛逼，中文很好。我們先坐公車去別的地方。然後再走地下道。走了很久後，他要我等一下，然後他進去很髒亂的巷子裡，我在巷子口等待。其實整個過程很刺激，我也知道這是違法的事。那時我剛看完《不夜城》，覺得自己是小說裡的主角劉健一（電影是金城武演的），很享受這種刺激的感覺。

買黃牛票真刺激

賣黃牛票的男人回來了。他給我的時候非常小心，一直東看西看。我覺得買賣黃牛票沒那麼嚴重吧？買了票我得意地去月台等火車。要上車的時候，車長跟我說：「你的票是假的，而且是非常假的那種。」後來才知道，假的票有分好幾種，有很像但是假的票，我的則是非常假的票。我呼喊：「我已經付錢了！而且比一般票價還貴呢——！」我跟車長抗議，不過他當然沒理我。我還是不能坐火車。火車走了。火車走的時候，很像女朋友要離開般難過。我失望地待在月台時，有個人戴著國家什麼什麼的牌子的女人跟我說：「你怎麼了？要不要找飯店啊。反正今天已經沒有往北京的車了。明天我幫你買票。不用擔心，我們是政府保證的。」如果是正常人的話，這次一定會自己買票，但我是個傻瓜。那時候的我，認為天下無賊，所以相信她。心裡唸一個日本俚語：「捨てる神ありゃ、拾う神在。」（有的神會丟，有的神會撿）。

那天我住在她提供我的飯店。說是飯店，其實是很爛的旅館。她說只剩下一個房間，房間很大，但裡面什麼都沒有。只有六張床與有大便的馬桶。我要沖大便的時候發現，馬桶壞了。服務生說，用水桶自己沖。當然洗澡設備也糟透了，只有很燙的水或很冰的冷水，沒有中間點。我覺得算了，反正才住一天。

第二天早上，我以為票買好了。結果她說，今天的賣光了。明天再買，要不要再住一天？聽完我火大了，我說：「我已經沒錢了，買到假的票，也住了一天大房間，我票錢已經給你了，我沒錢了。你要想辦法給我票！不然我恨妳！」她後來說，她想個辦法。沒多久她就回來，說買好了等一下的火車票。到了火車站她給我票，我先檢查票。因為我要的是可以睡覺的票，但是票上沒寫到北京的字。

我問她：「我要到北京呢。」她說：「這是北京前幾個站。你到了那，再給五十元就可以坐到北京。」她給我五十元。我跟她說：「我已經沒錢了，妳不要再騙我，如果妳騙我，我就恨妳。」

我終究還是被騙了

最後，我坐車七個小時就被車長趕下車。到北京還要二十九個小時，我還有二十二個小時怎麼辦？我把五十元給車長。結果我移到餐車，在餐車睡到早上。到了早上被叫醒了，又要給錢。我真的沒錢了，怎麼辦？我在香港機場買了一條Marlboro Lights香菸。我在火車裡開始賣。還好賺了五十元之後，我移到的地方是最便宜的車廂——在電視裡看過的地獄車廂。連放行李的地方都有人住，地板上都是垃圾，超級臭又髒，但根本沒位子坐。

結果我坐在車廂與車廂的接點，有很髒廁所的地方。我想了想，我等於是付了機票的錢（假的車票加住宿費再加車票就是一千六百元人民幣），現在卻坐在超級髒臭的地方。我心裡很難過，但是後來覺得這個故事超好笑，有一天可以寫書。我終於寫給大家看了。二十三歲的我，辛苦你了。

我以為自己不會再被騙了，沒想到單純的我還是被騙了。

雖然沒有女人緣，但有夢想陪我

我第一家工作的餐廳是高級日本料理。石頭火鍋，石頭板燒，連生魚片也都是日本來的鮪魚肚、扇貝、加拿大龍蝦等等，都是高級食材。當然價錢也比較貴。松板牛肉是八千元，鱈場蟹兩萬多。來的客人也是比較厲害的。我的物價標準是這家店，所以一開始我的物價感就是錯亂了。其實，人不比較的話沒關係，但通常大家都會比來比去。我現在都會跟員工說，你們的薪水不要跟同事說。不知道對方的薪水就沒事，知道之後會開始計較。

其實我也是一樣，我真心覺得當電影導演，酬勞少，甚至沒有也沒關係。因為我熱愛這個工作。但知道拍哪一部的某某導演的酬勞比我高的時候開始計較。總之身邊的朋友的價值感很重要。二十年前的我，薪水三萬五千元，住宿、水電費都公司付費。其實我算過得很不錯，但是我身邊人的環境，比我好很多，所以我誤會了。如果哆啦A夢帶我回到二十年前的話，我要跟自己說，你要珍惜現在的生活，你有夢，你有想學的東西，你還要什麼？

那時候，我最好的朋友是關口桑，他是日本人，是一個美髮師。雖然他大我一歲，但他懂很多，社會經驗也多，年輕的時候去世界各國旅遊，會說英文，而且他有技術，還有女朋友。我很羨慕有技術的人。他們有剪刀，在世界各國都可以工作。那個時候，我很認真地學做菜。我要帶刀子，跑遍世界各國。來台灣第一年，我很認真地學英文，下午餐廳休息的時間，我跑去地球村學英文。那個時候我身邊的人幾乎都會說英文，好像不會講英文才怪。我上班地方的工讀生幾乎都是台大或政大學生。他們教我的髒話現在聽起來一點也不髒。我第一次學的台語髒話是：「你說的話都是屁話，我要去大便！」我第一次學到說「幹」是，第三年念台灣藝術大學之後才學到。

為什麼台灣國語不用捲舌？

很多人以為我很快就愛上台灣。其實一開始並不習慣台灣的生活。最大的原因是我住在新莊，工作在東區。每天騎摩托車五十分鐘，實在是受不了交通，還有不習慣台灣不用捲舌的國語。

我一開始堅持說北京腔的漢語。那個時候我的口頭禪是用力捲舌的「是嗎」。我的朋友們以為我叫「北春風情」，連不要捲舌的「村」都捲。大家說我的名字很有情調，可以當衛生紙的名字。

那個時候的我，非常沒有女人緣。因為對台灣女生來說，我看起來太奇怪、太色。所以大家都只想跟我當朋友。

另外，那個時候的口頭禪之二，有人問我：「為什麼來台灣？」我回答：「也許……（等三秒），為了與妳相遇！」太噁心了吧？還好沒有人打我巴掌。那個時候的我，比現在瘦了二十公斤。雖然肚子已經開始變大，但現在回想起來，身材還真不錯，只差沒有女人緣。雖然有約會對象，但是沒有進一步的發展，感情真不順利。

說不出口的我喜歡你

當時在台灣常常看到，超正的女生和像豬一樣的男生在一起（我沒有說誰喔）。我覺得很奇怪呢。我原本覺得只是幫忙拿包包的朋友或司機，或哥哥、弟弟、爸爸之類的，結果他們是男朋友。那個時候真的有很多這類情侶。因為我單身，所以有特別注意。我以為因為那些男生有錢，她們應該是為了錢吧。結果有些男人又醜又窮，但是他們很溫柔。我發現台灣女孩想要被愛的感覺。包包要幫她拿，不管多晚都要接送。天天要說「我愛你」。對日本男子漢來說，根本是「不可能的任務」。

日本話的我愛你是「愛してる」。我從來沒說過。頂多說關西腔的「好きやねん」（我喜歡你）。連日本標準話的「好きだよ」（我喜歡你），都沒有說過。用台灣人來舉例的話，就是只說過台語的「我喜歡

你」，沒有說過普通話的「我喜歡你」。那個時候的我覺得，男人求愛的表現不要說話，用態度（下半身）來表達。像孔雀求愛一樣。其實，滿噁心的。

當時我的生活重心都在工作，越來越喜歡廚師的工作。廚師這個工作很有趣，很有挑戰性，而且很有深度。我的師傅S桑是用經驗與感覺來做菜，他很少用食譜做菜，都是靠自己的舌頭。所以我要學他做菜真的很難，他隨便做都好吃，我認真做也不如他。準備員工餐是我的工作，我很認真做員工餐，員工說好吃我就很開心。我覺得廚師這個工作很適合我，但心裡覺得，不可以！我要當演員，要當個會說中英日語的演員。在現實與理想之間，我有點悶悶地過生活。開始每天喝酒，有一天發現，我不喝酒睡不著。那年我進入酒精的世界！

我不能這樣，
不可以精蟲沖腦，
我要的是愛！
不是做愛。

PART 2 決定留在台灣好萊塢，讀大學當演員

那一年，我多了個刺青

我一九九七年八月來台灣。法律規定戴安全帽是從那年五月開始的。所以我剛來的時候，大家還不習慣戴安全帽。路邊到處都在賣安全帽，有賣安全帽的旁邊就有賣神奇東西。這個東西叫做解碼器。現在年輕人應該不知道，這個解碼器，只要接第四台的線就可以看到A片頻道。現在電腦很發達，所以感覺不到這個解碼器的威力。我第一次買到的心情是，好像買到哆啦A夢四次元百寶袋的感覺。二十四小時都可以看到A片。二十四小時呢！

睡覺前看到睡著，早上起床繼續看。從晚安到早安都是A片。我第一次買解碼器回家的時候超級興奮，後來回家才發現，區碼錯誤看不到！試了好幾次都看不到。第二天下班後，很生氣地拿去換。老闆很有誠意地說對不起，直接送一個解碼器給我，後來我跟他閒聊了起來。

老闆：「有沒有去過溫泉？」

我：「沒有。」

老闆：「那我們現在去吧！」

他找了朋友去陽明山泡溫泉，到陽明山已經凌晨兩點。現在回想起來，跟認識兩天、賣解碼器的老闆一起去泡溫泉，我很勇敢呢。那個時候，我什麼都不怕。勇敢與白痴，其實差一點點呢。我年輕時候的座右銘是：「不要看腳下，先飛了再說！」想做就做，不要想太多。

別相信說自己是台灣NO.1的人

我有時候很大膽，有時候膽小。來台灣半年，有一天餐廳休息。一個人逛東區的時候，看到刺青店。我突然有想刺青的衝動。但刺青不能開玩笑。失敗了就是一輩子的後悔。我想先看看店面，裡面有個很瘦、全身刺青的人打坐。他閉著眼睛跟我說話。

刺青師：「你來了。」

我：「我來了。」

那個時候感覺好神奇，他好像在等我，看起來很厲害。

刺青師：「你想刺青是不是？」

我：「對。」

那時候我覺得，你怎麼知道？現在看來只是廢話。來刺青店，沒人要剪頭髮。但那時候我很緊張，我覺得他都知道我要什麼。刺青師傅給我看他身上的刺青，他背上的刺青很漂亮。

刺青師：「我是台灣NO.1的刺青師傅。」

刺青師：「我吃素，過幾天要去西藏。」

我聽完後覺得很厲害、很屌。現在覺得吃素跟刺青一點關係都沒有。而且，他是台灣第一名耶。要刺青的話，我想刺簡單又有意義的，我選了太極的圖案。他說，這個圖案很簡單，只要三千五百元。師傅很有自信地開始。其實比我想像中還要痛，但忍耐一下就好。我心裡幻想刺青之後的樣子就不痛了。年輕時候對刺青有莫名的憧憬，在身體上刺青是件叛逆但有意義的事。腦子裡的第一個念頭是對父母不好意思，因為他們給了我完整的身體，我卻傷害它，但我不是不良少年，我有信念與理想，爸媽不要擔心！我幻想很多女孩子會因為刺青喜歡我！Oh~ya！

做完白日夢，很快就刺好了。但是，看到圖案時覺得怪怪的。太極圖案歪歪的，不是很圓，而且顏色也不是很均勻。

刺青師：「過幾天就沒事，不要擔心，你會喜歡。」

過七天後，顏色不均勻，線條不漂亮，我很不喜歡。我要找他算帳，結果他不在，別的師傅在。我問他瘦瘦的師傅在哪裡？他說不知道，聽說被開除了。他看到我的刺青就笑說：「怎麼那麼醜？」我說前一個瘦瘦的師傅做的。他說幫我再弄一下，可以折扣，但還是要錢。我不甘願地再付三千元。

我：「上個師傅說，他是台灣NO.1的刺青師傅。」

師傅：「你不要相信說自己是台灣NO.1的人。」

我：「但那個師傅的背上刺青很漂亮，為什麼我的這麼醜？」

師傅：「背上都是別的師傅刺的，背上不能自己刺。」

我：「那個師傅說，這個圖案很簡單。」

師傅：「越簡單的圖案，越需要技術。」

我：「師傅，你說得有道理！」

這個師傅，不但調整我的刺青，也教我人生道理。不過，從此我再也不刺青了。

來台灣第一年，不喜歡也不討厭

二十年前，我原本來台灣的計畫是，在台灣工作一年，存到二十五萬台幣就回去北京念中央戲劇學院。所以我只帶一個行李箱來台灣。那個時候的我覺得，帶一個行李箱，想去哪裡就去哪裡，就是很man、這樣才帥！所以第一年買東西，盡量買便宜的。盡量不要買東西。要買也買二手，買CD隨身聽一個禮拜就壞掉了。「便貨沒好貨」是我親身體驗到的。

其實來台灣第一年並沒有很順利。最大的問題是，我對台灣的感覺是，不喜歡也不討厭，就是還好而已。像是不得已來台灣，後來留下來的老兵。那時候，因為簽證的關係，我必須每兩個月出國一次。聽起來很好，但其實沒那麼好。通常我會去香港三天兩夜。在香港住重慶大廈[5]——很爛很爛的飯店。在尖沙咀下車就有很多印度人找房客，有的好像是巴基斯坦人，我實在看不出來。但跟巴基斯坦人說，你是印度人嗎？他們會很不高興。那時候的重慶大廈很亂，不過剛看完王家衛導演的《重慶森林》，對那裡很有興趣。在很小的空間裡，有很多小房間。一層樓有分兩、三層，很混亂。

我工作這麼辛苦但因為要存錢，所以不能花錢。而且，為了強迫存錢，我加入了會[6]。現在年輕人比較少接觸吧？我一開始覺得利息好，一年後多利息三、四萬元。而且老闆娘的朋友都很有錢，很安心。但是我後來覺得不對勁，我的人生沒有這麼好命，因為我後來知道，很多人被倒會，被好朋友騙的人真的不少。除了虧錢之外，被好友騙的經驗會變成心裡內傷。

我那時候發現自己很不適合存錢。自己賺的錢，不能用的感覺很差，很賭爛。所以四個月就退會了。但是那次之後，再也沒有好好存錢。一年之間，我回日本兩次。兩次都是參加婚禮。日本參加婚禮要包紅包（其實我們是用白包包錢）通常我要參加很多攤，所以每次回日本一半薪水就沒了。而且每次回日本就會遇到曖昧的對象。偶爾回去日本真好，偶爾見見朋友，偶爾見見父母親多麼好。所以每次回台灣的心情是，暑假結束，明天要開學的小學生心情。現在的我，不管去哪裡，回到台灣就安心，感覺是回到最熟悉的地方。現在我都說去日本回台灣，已經很久沒說：「我要回日本！」

接下來的我，該去哪裡？

這一段時間最大的打擊是，那時候我在台灣什麼都沒有。沒有正式簽證，沒有健保，沒有女朋友。雖然公司願意辦工作簽證給我，但是需要大學畢業證書，或是在日本四年以上的工作經驗證明。

我高中時候覺得，念大學是浪費時間，不知道要做什麼的人才念書。而且日本學費貴到離譜。因此，我在日本沒想過念大學。沒有簽證這件事，對我打擊最大。現在日本與台灣有打工度假簽證（Working Holiday）。我很羨慕現在年輕人有這樣的簽證。在其他國家工作是個非常珍貴的經驗。但是，沒有簽證就變成違法工作，聽起來差太多了。

時間過得很快，十個月一下就過了。我必須要決定接下來該去哪裡？要回北京？但我只存了十萬台幣，沒辦法在北京念書。我一直對西藏有興趣，應該說是崇拜。而且我長得像西藏人，有時候看西藏人的照片，有莫名的親切感。我應該要去那邊走走。不知道能待多久，沒錢就回日本。

買旅遊書研究時，我同事（念政大的工讀生）跟我說：「北村先生，你很有才華，很有魅力。你可以做更多事情。現在你的中文還OK，但還不算好。這樣回日本太可惜。政大有語言中心，要不要再好好念中文？我認識一家咖哩店，他們要應徵廚師，而且老闆娘年輕漂亮！」

我是一個很固執的金牛座。但是有些人的話，很容易聽得進去，而且會覺得是命運，因此改變計畫，把「去西藏尋找自己的始祖與人生目標」改成「去政大語言中心念書加強中文，邊在年輕漂亮老闆娘咖哩店上班」。我很衝動地決定。那時候的我不拘小節，忘記先談薪水，沒想到薪水比在日本料理店少了一半。

5 重慶大廈，最早建立的目的是為了居住，但現在由平價酒店、商店等其他服務業使用。它經常會被當成香港少數族裔聚集地。具體有東南亞人、尼泊爾人、巴基斯坦人、孟加拉人、中東人、奈及利亞人、歐洲人、美國人，以及世界各地的人。

6 互助會，通俗說法稱標會或做會或呈會，在法律上則為合會，是民間一種小額信用貸款的型態，具有賺取利息與籌措資金的功能。互助會的起會人稱為會首（或稱會頭），其餘參加互助會的人則為會員（或稱會腳）。隨著理財商品越來越多後，標會已慢慢沒落；但近年有人應用網際網路科技來運作，復興了互助會，稱為網路標會。

我愛上台灣！第一次遇到桃花期！

在台灣第二年，從新莊搬到木柵住，這次還是頂樓加蓋。木柵的環境很好，空氣好，房租不貴，雖然是雅房，但房子的大小比之前大兩倍。新的生活很忙碌。早上八到十點上課，十點半開始上班。晚上九點下班，下午休兩個小時。主要菜色的準備與甜點都由我來做。老闆娘、工讀生與客人都對我非常好，但還是有小小抱怨。第一，店裡四隻貓（我對貓過敏）。第二，老闆娘有男朋友（原本有點想追她）。

但這些也都是小問題。最大的問題是，薪水很少！工作第一個月領薪水的時候才發現，薪水只有之前工作的一半，以前我真是人在福中不知福。

為什麼沒先談呢？因為我很笨，我不知道台灣的行情價。我以為自己表現好的話，自然就可以拿到好的薪水。但是這就是現實。咖哩套餐一百二十元，之前日本料理店的套餐最少八百元。我這個時候才知道，以前老闆娘常跟我說，我的薪水可以養兩個台灣人。我那時候心裡想：「你說的話都是屁話，我要去大便！」（我第一次學的台語）。這就是報應。

不過我生活過得開心，所以我很快就接受這個現實。有人跟我說，在語言中心有獎學金。不過每學期差不多五十人裡，只有一個人拿到。我為了獎學金每天上課，每次考試很認真。上課時候要發表意見，常跟老師聊天，學校活動的時候當主持人。因此三個月後拿到獎學金。我開始走運了。因為有獎學金，我的工作時間減少，反而應酬時間增加。那時候，我完全享受台灣生活了。平常跟台灣人一起工作，一週語言交換三次。常常跟語言中心的同學玩。語言中心有很多國家的人，黑白黃種人都有，但是共同語言是中文。我們常常去吃飯、喝酒、跳舞，還有我最喜歡去KTV。那時候，我們外國朋友圈最紅的是張震嶽、伍佰、陶喆、動力火車、王菲、莫文蔚、張惠妹。張震嶽的《祕密基地》是我人生中聽了最多次的CD。〈愛的初體驗〉是我的最愛，而我也開始學唱台語歌，像是伍佰老師的〈樹枝孤鳥〉〈心愛的再會啦！〉。因為同學幾乎都住在木柵，所以要去舞廳就必須特別下山去台北。週末常常早上吃完早餐，才坐公車回來。那時候最常去夜店TU與@LIVE。現在好像沒了。

那時候第一次遇到桃花期。沒想到自己人生中還是有桃花期。我十八歲還在日本的時候，有一個長得很醜的學長（不需要特殊化妝就能夠直接演豬八戒）跟我說：「每一個人都有桃花期。像我長得這麼醜也有，你長得還不錯，一定會有。到時候你要好好把握。」那時候學長的女友很正，而且同時和三個在一起。我還記得這句話：「每個人一生當中，至少會有一次桃花期。」

二十三歲的夏天，終於等到桃花期！

那時候我的造型很特別。有時候金色頭髮，有時候黑人頭，有時候綁辮子，都是我的老朋友關口桑幫我弄的。每個造型大概需要兩天才能完成。我的造型看起來根本是怪人。長得多怪？有一天我回日本的時候，爸爸來車站接我。他以為有個流浪漢過來要錢，結果竟然是自己的兒子。那時候體重比現在瘦二十公斤，算型男吧。

其實那時候有一個女朋友，但是她人在日本。我們是遠距離戀愛的。她是現在所謂的文青女。她懂藝術，喜歡音樂，喜歡看書，看電影等等。她常常寫信給我（那時候剛開始流行E-mail，我不太會），她文筆很好，收到她的信就很開心，裡頭有電影的訊息、小說、錄音帶（自己做的精選集）等等。每次收到信就很滿足，心裡覺得我一定要好好愛她。我曾經遠距離戀愛失敗，但感覺這次好像可以。但是，那時候太年輕了。腦袋與身體沒有連在一起，心靈滿足身體欲求卻不滿足，因此我出軌了。全世界男人都會犯的錯，我也犯了。

所以我看到八卦新聞在批評藝人時，我連屁都不敢吭。誰沒有過去？

桃花期的重點是，自己覺得不錯的人，對方也覺得不錯。意思是互相有好感。

在語言中心裡有個校花，金髮、漂亮、魔鬼身材的美國人。把到她的時候是我桃花期的巔峰。後來我的桃花期慢慢結束了，也發現我不適合同時腳踏多條船（廢話）。我開始很期待，有長期穩定的戀愛。我希望未來女朋友的條件是：有才華，聊得開心，價值感相同，外表順眼。好像有點難找。

我從沒想過，會在國外念大學

桃花期結束之後，我必須要面對未來。我在木柵念政大語言中心這段期間，我的中文進步很多，也開始不捲舌了（不曉得是進步或退步）。很多人說，我那時候的中文跟現在差不多。

我在語言中心念了九個月的中文，開始慢慢膩了，也差不多該想未來的計畫。那時候語文中心的學費是三個月台幣三萬。國立大學的學費是半年台幣兩萬五。我還以為大學學費是一年日幣一百萬（約台幣五十萬），我真的大開眼界。台灣政府怎麼那麼好！我一定要念大學！但是我要念什麼？我開始認真想未來要幹嘛？雖然我還是想當演員，但不想念戲劇系，我想要學別的東西。當時我對語言非常有興趣，政大什麼語言都有科系。

英文、日文、韓文之外，還有阿拉伯文、土耳其文、俄羅斯文都有。

那時候覺得，我會說中文，再學西班牙文的話，我就變得很強，剛好我又有認識的西班牙朋友，也開始對西班牙感興趣。中文是最多人使用的語言，西班牙文是最多國家使用的語言。很多人問我為什麼不學英文？因為我去了半年的補習班，就開始討厭英文，覺得會說英文有什麼了不起！因此，我決定報考輔仁大學西班牙文系與國立台灣藝術大學電影系。

為什麼要學電影呢？因為那時候的日本文青女友很喜歡華語電影，她推薦我看很多電影。侯孝賢、楊德昌、李安、蔡明亮、王家衛、張藝謀、陳凱歌等，大師的作品都是那時候租錄影帶看的。我很多片都看不懂，但女友是學電影理論，她教我怎麼解讀藝術片，那時候我一直在看藝術片，有的喜歡，有的不喜歡，沒有去想說我一定要看得懂。

對我來說，當演員拍電影是夢中的夢，當導演是夢中的夢中的夢。意思是，離我很遙遠的世界，也就是我可以當導演的機會，可能只有0.000001%，像是現在的我要當選台北市長一樣難。

愛情萬歲，讓我找到電影夢

有一天看到蔡明亮導演的《愛情萬歲》時，我非常感動。不知道怎麼形容，只覺得太厲害，電影可以這樣拍？幾乎都沒台詞，一個鏡頭很長，幾乎一場一個鏡頭。我看完之後，覺得這樣我應該也可以拍，還好當時我是個自我感覺良好的年輕人。

如果我有才華一點，知道這樣的片最難拍，我一定不會走上拍電影這條路。很多人說，我跟蔡導風格差這麼多，怎麼會喜歡？通常我欣賞的是，擁有我所沒有的才華的人，因為只模仿別人永遠不會超越別人。

總之，《愛情萬歲》這部片，引發了我的電影導演夢。一想做什麼就馬上做的我，很衝動地報考台藝大。我直接打電話到台藝大電影系。後來發現，他們第一次收外籍學生（之前只有僑生），考試總共有三個題目，一個筆試，一個作文，一個作品面試。

我聽完覺得根本不可能考上，因為我不懂電影，也沒有作品。我心裡想：「好吧，今年考考看。不行就先念西班牙文系，明年再考電影系。」

我最好的作品就是自己

我先去考輔仁大學，坐了一個多小時的公車，穿得稍微正式一點。因為他們只要面試，所以我學了一點西班牙文的自我介紹，很緊張地跟主任用西班牙文聊天。

結果他用很流利的中文說：「你是日本人。為什麼在台灣學西班牙文呢？如果要學西班牙文，去西班牙比較好啊。因為今年外交部長官的兩個孩子來念，所以名額已經滿了。不好意思呢。」我只能說：「好。」我花了兩千元的報名費，坐一個多小時的公車。結果，這樣就落榜了。我那時候想著，我再也不會來這種爛地方的爛學校！」沒想到三個月後，跟輔仁大學的學生在一起，常常接她上下課。

因為沒考上輔大，所以我的靠山是台藝大。考試之前必須要看書，也要準備作品。我買了很厚的書，認真地K書，但越認真越想睡覺。那時候更是覺得，我喜歡電影，但不喜歡電影理論。所以我有一個計畫，叫做「靠面試拿分，其他考試與作文就放棄了之A計畫」。我以為會有很多人來考試，但我只靠面試，所以要讓老師們知道，我跟其他人不一樣。我的計畫是，面試的時候跟老師說：「我是北村豐晴，我最好的作品是自己！」

那時候我的造型是金色綁辮子的黑人頭，穿超緊T恤、斑馬皮毛的短褲，搭配木屐。從哪個角度看都是個怪人。我心裡覺得，多少人來考試也都是我最亮眼，而且我以為考電影系是類似參加怪人比賽的感覺。結果，到了考試會場發現，只有兩個人，一個是很有氣質的英國女孩，一個是我。如果我出現在很多人裡頭，這樣的造型會有亮點，只有兩個人的話，超尷尬，而且考試超級難的。

雖然都不懂，但我故意寫與眾不同的想法，還好是電影考試，答案沒有一定。如果我考數學系的話，應該接近零分呢。兩個小時的筆試，兩個小時的作文，後來和教授們一邊吃飯，一邊面試。

國立大學果然不一樣，不用報名費，還有便當可以吃。寫完作文後我覺得自己又落榜了。不過，沒關係！我明年再考一次。因為好久沒有用頭腦，最後面試的時候，我自high了起來。我講自己的故事，在日本的故事，北京的故事，未來的故事。面試之後，我知道我想學電影，有很多想學的東西，對電影這條路真的有興趣。

過沒多久就接到通知單。我考上了，真不敢相信，又是一個台灣奇蹟。因為考上大學，我的導演夢往前邁進一步了。但是那時候，當導演的機率還是0.0001%。

對台灣同學來說，考上台藝大電影系是人生的一小步，但對我來說是很大的一步。因此，我從木柵搬到板橋的學校宿舍。四個人擠在一個小房間。沒冷氣，但有門禁。我來台灣第三年，二十五歲的大學生活開始了！

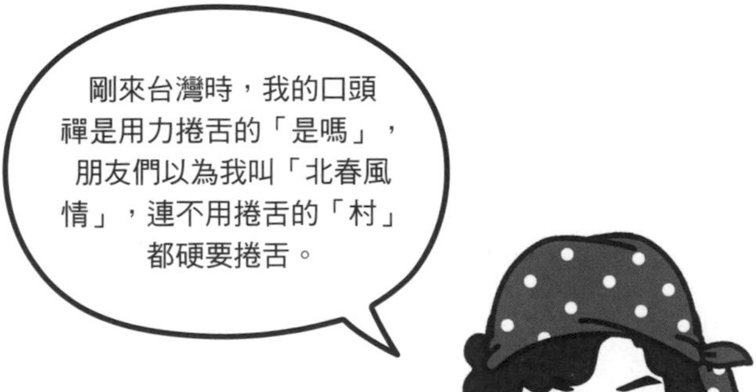
剛來台灣時，我的口頭
禪是用力捲舌的「是嗎」，
朋友們以為我叫「北春風
情」，連不用捲舌的「村」
都硬要捲舌。

我的造型千變萬化，
一看就知道我不是台灣人

當年我最愛的打扮：
緊身T恤
加斑馬皮毛短褲，
再搭配木屐。

漸漸開始享受台灣生活

台藝大面試時，
頭上頂的就是這
顆黑人爆炸頭。

和在台灣
一起學中文的朋友
用筷子扮鬼臉。

二十五歲讀大學，遲來的青春！

一九九九年九月，我正式入學國立台灣藝術學院電影系（現在改制為大學）。

二十五歲大學一年級，住在宿舍四人同房。人生第一次有門禁，但沒冷氣，沒存款，沒女朋友。我同學都是十八、九歲。我是宿舍裡唯一的日本人，大家都對我很好奇。我那時候在宿舍床上貼了女生的陰部特寫照片，還有bling bling的裝飾。

住宿舍的大家都知道，有一個讀電影系的奇怪日本人。他們很好客，常找我去夜市吃飯、逛街等等，這很OK。可是有些人太過好客，比如星期六早上八點叫我起床一起吃早餐之類的，我說：「謝謝，今天不要吃。」星期天早上八點又叫我起床一起吃早餐。我不會翻白眼，但如果會的話，我會「翻滾吧！白眼」給他們看。

我的生活很規律。早上八點上課，下午五點下課，每天的課幾乎都很滿。雖然上課內容經常聽不懂，但我通常坐在前面認真上課。聽不懂但要裝懂，其實很辛苦。最辛苦的是國文課。國文課不能蹺課，只要有來上課就會過。老師是帶著濃厚湖南腔的老先生。看得懂課本，但聽不懂，聽他的聲音就想睡覺，睡覺被發現就會被罵。這已經不只是辛苦，是痛苦。

當時我付完學費與宿舍費就沒錢了。因為還沒找到新工作，唯一的工作是教日語。那時候我有兩個學生，一個月只賺幾千元。但我不喜歡窮的感覺（誰喜歡？），於是開始認真找打工。那一年遇到九二一大地震，地震當晚睡不著，一個人在宿舍外抽菸。剛開始搖動時，我不曉得是地震，是後來從宿舍聽到尖叫，然後看到大家全部往外面跑。地震對板橋的影響不大，但第二天還是停課。地震後，我忘記打回日本跟爸媽報平安，還以為他們不知道台灣發生地震。結果，日本新聞有很大的報導，一直播放很嚇人的畫面，馬路裂開，電線杆倒了之類的。媽媽一直打給我，但那時候電話打不進來，後來手機沒電。我打給媽媽是地震後兩天，她接電話的聲音聽起來很憔悴，她說兩天都沒辦法睡覺，我心裡很內疚。因為我地震第二天還跑去夜店，回來睡飽後才打給她。我現在深深地再跟媽媽道歉。

我要靠自己，不要靠家裡

其實，地震對我沒有直接的傷害，但是因為我的學生（都是公司老闆），地震後都說沒心情念日語。因此，我完全沒收入了。我真的不想靠父母念書。但那時候，真的沒錢了，我打給媽媽借錢。媽媽說：「我們也沒有錢，日本現在景氣不好。你要自己加油。」我心裡想前幾天那麼擔心我的媽媽在哪裡？我說：「我需要吃飯的錢（okane）。」過一個禮拜我收到日本來的包裹，我很開心地打開，裡頭有一包米（okome），還有我小時候喜歡的零食Pocky（其實台灣有賣），我看到傻眼。錢（okane）與米（okome）的日語發音有點像。我心裡想她是不是聽錯了？其實米的價錢加郵局國際快遞的話是一萬多日幣。我想要的是那一萬日幣，因此，我打電話罵媽媽：「我拿到米也不能煮飯，因為沒有飯鍋！」

從此以後，我發誓再也不跟父母要錢。我變強了，也可以說，我終於不依賴父母了。我要靠自己生活，二十五歲的我終於獨立了。

找到長期穩定的愛

沒錢，所以要找工作；沒錢，還是想談戀愛。我之前談的戀愛都很短，一般是三個月，最久是一年。這次的目標是長期穩定的戀愛。當我這樣想的時候，剛好遇到一個女孩子。她是我之前咖哩店同事的同學的姊姊。我第一次看到她的時候就有感覺。但那時候她有男朋友，所以我跟同事說：「如果你同學姊姊分手後跟我說。」過了半年我同事打給我說：「我同學的姊姊分手了，要不要安排聯誼？」我的大學生活第一次，也是最後一次聯誼。我們約在一家義大利餐廳，那天我同時找到工作與女朋友，後來我又在這家義大利餐廳打工。其實順利的時候真的很順利。

我跟她非常談得來。那天聯誼的人很多，但只有我跟她抽菸，因此我們兩個單獨聊，然後我再送她回家。依依不捨地在她家前面我們繼續聊天。本來抽完一根菸就要走，後來再抽，再抽最後一根。啊！沒菸了。再買一包，好吧，乾脆一起看日出再回去。我遲來的二十五歲青春！這次我的目標是長期穩定的愛！

除了導演以外，其他不想當

我十九歲的時候和女朋友同居過，後來覺得情侶不要同居比較好。但是，這次我跟女朋友很快就同居了。我們找了個頂樓加蓋的套房（來台灣後，住的第三間頂樓加蓋）。房間裡只有一張床。其實年輕又剛在一起的情侶需要的是一張床。我們兩個超窮，但非常享受生活，感情很快就穩定了。

那時候，義大利餐廳的同事找我去新餐廳工作，之前的義大利廚師準備開新的義大利餐廳，她說我可以在廚房工作。我二話不說就馬上答應，但條件是每天都要上班。我五點在板橋下課，五點半飆車到東區上班，直到十一點才下班，回家要寫功課，睡前還要看電影。

雖然很累，但生活非常充實。系上可以借錄影帶，我借的幾乎都是藝術片。那時候我喜歡的導演是吉姆・賈木許、文・溫德斯、拉斯・馮・提爾、費里尼、黑澤明等等。其實我在日本只看過後期的黑澤明電影。那時候的印象是無聊的片。但是我上課時，第一次看到《羅生門》真的嚇到尿失禁！太厲害了！那時候我喜歡藝術電影，最喜歡的是，又藝術又娛樂的電影，但對於自己想拍的片還沒有具體的想法。

當時我的口頭禪是：「我要在台灣拍電影，我要當國片的導演。」大家不以為意地對我說：「台灣電影沒希望，回日本念比較好。」其實在一九九九年那時候，國片一年生產量只有十部以下。我跟大家說：「我要拍電影後，賺大錢買房子。」聽完大家大笑，現在回頭想，覺得我真的滿好笑呢。

學電影？到底學什麼？前面兩年要學理論、技術、歷史、劇本等等。除了電影系的課之外，國文、英文、體育課都要學。但一直都沒有實際拍電影的機會。

導演課上學期學拍照，其實我根本沒用過單眼相機。跟朋友借了一台測光表壞掉的單眼相機。拍的時候不確定拍得好不好？因為測光表壞了，所以憑感覺拍照。因為測光不準，焦點也模糊，常常拍到粒子粗粗、糊糊的照片。雖然沒有人欣賞，但我很喜歡用一張照片說故事的感覺。

來台灣第三年，我的電影夢開始了

我們一年級要學的電影攝影機是古董16mmBolex。學了一年後，拍三分鐘的無聲電影。一個班四十個人，分成八組。我的班底是轉學來的學長們，都是放牛班的五個人。電影系畢業後，繼續拍戲的人大概只有百分之十五。這五個人目前都還在拍戲。其中一個是《阿嬤的夢中情人》另外一個導演蕭力修。我那時候，除了導演之外不想做別的，非當導演不可。五個人評比劇本之後，決定拍我的劇本《歐巴桑》，終於可以拍戲。我的電影夢開始了！但問題來了。我根本不知道怎麼拍戲。感覺是看過很多A片，但是都有馬賽克，所以不知道重要的地方長什麼樣子？學生片的導演什麼都要做，導演兼副導兼選角兼製片兼雜務。我有構想，但不知道怎麼呈現。

《歐巴桑》的故事是，拍歐巴桑一天的生活。就這樣！只有一個主角，就是歐巴桑。這樣好看嗎？我那時候是自我感覺良好的年輕人。我非常有自信能夠拍得好。不過上課、上班、準備拍戲。我的身體越來越虛弱，得了一種莫名的病。晚上睡覺的時候發高燒，進急診室好幾次，每次看了醫生就沒事。拍攝期間前後都是這樣。

拍攝兩天，我的靈魂完全燃燒了。雖然沒有拍得很專業，像我的照片一樣粗糙，但是我拍完很有成就感。我感覺到拍電影是團體力量，讓我想起打棒球時，一個人的力量不大，但團結起來力量很大。不過我拍完後幾天又發高燒住院了。醫生說要住院檢查看看。

第一次住院，有點不安卻又安心，因為我終於可以休息了。我不想蹺課，又不想請假不上班，因此我的身體搞壞了。住院第一天再也沒發燒，但也找不出生病的原因，醫生說可能過勞。我體重降到六十七公斤（現在我胖到九十六公斤）。之後我就會考慮到體力，不再勉強自己，因此開始蹺課。

我的第一部電影《歐巴桑》本來是無聲片，後來加音效。16mm底片轉數位。我們的《歐巴桑》入圍了不少小影展，得了兩個獎，拿到獎金後和大家一起吃飯。那時候下定決心，我要走這條電影的路。我要當第一個拍國片的日本人。剛上大學時，只是對電影好奇而已。來台灣第三年，我終於找到新夢想，就是拍電影！

我認為認識一個國家最好的方法是，學當地語言，在當地工作，跟當地人在一起。

開始實現
我的導演夢

白天上課，晚上在義大利餐廳的廚房打工，生活很充實。

第一部執導短片《歐巴桑》的宣傳海報，是我自己做的版畫。

不論是餐廳內場或外場的工作，都難不倒我。

PART

3 成為演員之後，朝導演之路前進

機會隨時都會出現，隨時都要準備好！

我之前有寫過，來台灣前的夢想是當舞台劇的演員。後來拍第一部短片《歐巴桑》之後，夢想改成當「第一個拍國片的日本導演」。我後來漸漸放棄演員夢了。老天很奇怪，我一直追的時候，不給我機會，我一停下來就給我機會。

我在學校常常客串同學的作品，後來我發現自己真的很愛演。學生作品雖然沒有酬勞，但是很好玩又自由，讓我重新覺得演戲很好玩。如果對演戲有興趣的朋友們，先演學生片是個好選擇。

到大學三年級之前，每學期拍一部短片，通常大家都會輪流當導演，但我堅持一定要當導演，因為我想趕快拍長片。在拍長片之前，必須先拍短片然後得獎（我真的想得太美）。

為什麼我一直能夠當導演？因為同學們覺得我很厲害嗎？並不是！有時候自己出錢自己拍，有時候故意找不想拍戲的同學讓我拍，最後我拍了四部短片。不過，後來發現，奇怪！無論怎麼拍都像學生片。我想拍得和一般台灣電影一樣，並沒有要求要好萊塢的質感。但是我拍的，怎麼看都是學生拍的。我想了半天，找不到原因。於是我想到一個不錯的方法，就是去拍電影的環境實習。我找了很多實習機會，但是他們不需要國語不好又沒經驗的日本人。因此我放棄了實習，好好念書等待機會。機會隨時都會出現，所以隨時都要準備好！

終於可以出現在大銀幕上

每個學期都要考試，我是考試前一天才準備的人。考試前我還在打工，所以考試期間我幾乎不能睡覺。有一次，攝影考筆試的時候我睡過頭，到學校時已經結束了。攝影老師是得過金馬獎的張展老師，我都叫他展哥，我求他讓我補考。展哥說：「等一下在西門町開會，你到那邊考。」展哥要籌備一部電影，導演是吳米森，我聽到名字就很激動。因為我超級喜歡吳米森導演的《起毛球了》。

我在以前的中影辦公室（西門町真善美戲院樓上）考試。我寫完後把考卷給展哥。展哥介紹吳米森導演給我認識。我趁這個機會表現一下，告訴他我可以演戲，我愛台灣電影。導演覺得我很有趣，因此第二天再去試鏡。

第二天去試鏡時，試鏡的人不是導演（那時候有點失望），導演在其他地方忙別的。試鏡的人是兩個副導。他們兩個未來都是我的貴人，一個是《愛情合約》導演許肇任，另一個是《翻滾吧！阿信》導演林育賢，他們的試鏡跟日本不一樣，沒有劇本，自由發揮。他們要我演自己，平常的自己。因為連自己都演不好的人，不能演別人。我非常認同這一點。

實現夢中的夢

我演一個瘋狂的pizza師傅，也是我當時的工作，我演日常的工作加瘋狂的搞笑成分。我講解做好吃pizza的祕訣，我假裝做pizza，演得很寫實。比如要加多少水，加多少高筋麵粉，還要加酵母等。中間打噴嚏手髒掉，還是繼續做下去，鹹味不夠就加汗，不夠料所以加腋毛之類的。我那時候知道這個試鏡是非常好的機會。我也不曉得我可以演哪個角色，但不管角色好不好，我純粹想演電影。

過幾天副導打來說，我演男主角的好朋友「土匪」，算是第二男主角，但時間必須要全部配合。意思是我要和義大利店請假，但沒有去義大利店我就沒收入。可能學校那邊也要請假，或許還會被退學。我花了三秒鐘想了這些，但是我馬上答應說yes。因為我可以演電影了，而且男主角是日本當年的偶像——武田真治，我二十歲時，超級紅的日本演員。對我來說，跟他對戲是夢中的夢，又是一個台灣奇蹟！

成為演員的第一部電影

我人生演的第一部電影是《給我一支貓》，現在回想起來，卡司很厲害。有關穎、張孝全、李烈、張毓晨、劉喆瑩、張榕容。不過那時候，大家還沒有現在紅。雖然這些人很厲害，但對我來說，武田真治才是大明星。感覺我跟他有對到戲就很榮幸，這樣就夠了。

通常開拍前工作技術組要試拍。試拍的時候導演要我跟武田真治對戲，順便讓武田習慣台灣拍電影的模式。我那天一直很緊張，表現不好，感覺很不自在。副導許肇任在送我回家的路上跟我聊天。

許肇任：「你今天表現不好，怎麼了？」

我：「我看到武田真治很緊張，因為他是大明星，他很厲害。」

許肇任：「對我來說，你比較厲害，比較會演，而且你會說中文，在台灣比較有優勢，不要怕他。」

許肇任平常話不多，但他有莫名的說服力。我不曉得他是真心話或是安慰話，但這些話給我很大的力量。可以說，我太容易被說服了。我的目標就是幹掉武田真治，我才是男主角（請勿模仿）！

讓我又愛又恨的電影

我每天帶一些有的沒的東西來現場。那個時候的國片，服裝要自己準備。我為了這個角色買很多衣服。基本上電影裡的衣服都是自己的。奇怪的帽子、奇怪的玩具，馬頭等等。比如說，試拍的時候沒有帶東西，正式來的時候帶馬頭進來之類的，演員一定會嚇到。導演很愛玩，所以他能接受這種玩法。

我很喜歡拍電影的現場，剛好導演也很喜歡突然加戲，本來沒有我的場次，但我在現場玩一玩，導演就說：「土匪來！加戲。」讓我很有成就感。

但是，有時候等了一整天（等了十四個小時）也沒有拍到。拍電影就是這種又愛又恨的感覺。因為我愛得比較多，所以還在拍戲。我從小沒有瘦過，也沒有很胖，可以說是壯。但是拍這部片開始我變胖了，都是因為便當。這部片是中影投資，那時候中影裡有餐廳，他們習慣多叫便當，所以每餐剩很多，我覺得太浪費，每餐都吃兩個便當。而且，土匪的戲中戲也常常吃東西。因此，我短短幾個月就發胖了五公斤。那次造型是金色短髮，後來我的頭髮與體型都不連戲。

在《給我一支貓》認識的工作人員都是我的貴人，後來我在電影圈的發展都是因為他們不斷找我。導演之後拍的每部片都找我，兩個副導後來變成導演也都找我，場記變成製片後也找我。影響我最大的是武田真治的翻譯——小坂女士。她的工作範圍很廣，除了翻譯之外，還兼製片、企劃、跨國合作協調等等。我認識她之後，她幫我介紹電影現場翻譯的工作，通常是日本與台灣的合作片。我接了六部翻譯工作。這些經驗對我的導演工作非常非常有幫助。我親眼看見了日本與台灣的電影工作。

日本演員來台灣拍戲，最困難的地方是語言，語言是個大問題，但這是本來就知道的問題，所以還好。最大的問題是，當天改劇本這件事。在日本，很少有這種問題，但是在台灣根本是家常便飯，不改才奇怪。我了解雙方不同的想法。日本演員說，為了這場戲他做了很多功課，他腦子裡已經想好怎麼演，所以不希望當天改劇本。台灣導演說：「計畫永遠跟不上變化，所以想到好的方法就改變。」於是，綜合日本和台灣的拍攝手法，我當導演之後，都會盡量在前一天跟演員說劇本裡改了什麼。

還有一個問題就是等待，拍戲一定要等，常常要等上兩個小時，書上看到一個演員說，他演戲沒有拿錢，他的酬勞就是等待的時間（我很想找他演戲，不讓他等就不用錢）。我現在覺得等兩個小時是演員的責任，等超過兩個小時，工作人員就要負責。但我是菜鳥，只好每天乖乖等待。

等待的時間，我跟武田真治常常聊天。一起拍戲等於一起打仗一樣，會有革命情感。本來只有聊工作上的事，接著說平常的事，最後才聊私人的事。我通常習慣，我先開始講我私人的事，對方才會說私事。我很喜歡坦白說的感覺，不管是跟明星或大人物聊天，自己的心打開，別人的心才會打開。我小時候以為中森明菜與中山美穗是不會大便的，但是後來發現，明星也是人。之後我合作過超多明星，共同點就是，大家都會大便。

老天很奇怪，我一直追的時候，不給我機會；我停下來，就給我機會。所以，有時候放棄也是種選擇。

首次出現在大銀幕

因為拍攝《給我一支貓》這部片吃了很多便當，我的人生從這裡開始發胖……
照片右邊為武田真治。

攝影：麥田電影公司

我什麼都吃，連虧都吃的熱血男孩！

演《給我一支貓》之後認識很多人，我的演藝工作開始了。來台灣第五年，終於接觸到拍商業電影的環境。雖然離導演夢遠了點，但參與第一部電影對我當導演這條路，前進很大一步。我十八歲的夢想是當小劇場的演員，後來才改成電影導演夢。但是沒想到，過程中不小心演了電影。有時候試著放手，才能拿到新的東西，所以不要放棄，試著放手。

參與電影，對二十八歲的我來說，是非常榮幸的事，後來接觸到電影現場翻譯工作。第一部是《月光遊俠》。日本歌手Gakut與Hyde來台灣拍電影。工作人員是日本人、台灣人各一半。這部片算是大製作，工作人員也比上一部片多了幾倍。（一般是三十到五十人，大製作片是六十到一百人）我可以看到日本人怎麼拍戲，這件事令我很興奮。一部戲通常有製片組、導演組、攝影組、燈光組、美術組、造型組、常務組、演員組，這次還有武術組，每一組都需要翻譯，我是當美術組的翻譯。

美術組做什麼？簡單來說，電影裡頭看到的東西，都是美術組準備的。房間的話，沙發、窗簾、桌子、椅子、地毯、拖鞋，還包括牆壁、食物、盤子、筷子、杯子、飲料等，都是美術組準備的。

這部片所有的場景都有設計圖。第一次看到場景圖，畫得很漂亮到令我感動，是可以賣的那種。那個年代台灣還沒有這麼完整的設計圖。這部片的設定是近未來。很多場景是廢墟，還有西門町街。拍攝西門町的時候，所有的招牌都是重新做的。

參與台日合作片，學到很多

鞋子與帽子在日本是美術組管的，在台灣是造型組管的。這些有的沒的事情，對我來說很有趣。日本來拍戲的人，常常說電影專門語言。比如，要說「左邊右邊」的時候，就說「上手下手」。桌子移到右邊的時候，台灣人的話，要說「你的右邊」。但是面對面的時候，我的右邊變成你的左邊，所以常搞混左右邊。但對日本人來說，從攝影機看的位子，右邊是上手，左邊是下手，這都是以前的舞台劇（歌舞伎）的語言，我聽得懂日語，但是聽不懂電影語言。

那美術組的翻譯要做什麼？雖然我主要做的是翻譯，但有時候也要幫忙。比如有兩個日本人去陳設場景，我要跟屋主打招呼，搬東西的時候，不用翻譯，但我還是幫忙。拍完收東西的時候，其實不用翻譯，我也還是幫忙。而且，我那個時候還有體力，很會搬東西，因此我變成美術技術組之一。當時我希望自己是個有用的人，從沒有想過我的薪水多少，我只做到多少。或是我的工作是這個，不是那個。那時候的我，什麼都吃，是個連虧都吃的熱血男孩！

這部片拍了兩個月的時間。我第一次過著每天拍片的日子。其實，拍片期間在家的時候都在睡覺，跟劇組同事相處的時間比跟女朋友在一起的時間多很多。所以，拍片的時候，同劇組的人很容易談戀愛，也很容易分手。我拍片十七年，從來沒有跟同劇組的人談過戀愛。一方面覺得自己很堅持，但一方面又覺得，我怎麼那麼不受歡迎！

台灣這個圈子很小，一有認識的人就變成到處有認識的人。不能隨便搭訕，搞不好她是朋友的女朋友（真的曾經發生過）。

拍一部片就像是開餐廳

我拍這部片的時候才發現，電影是團體合作的事業。在台灣很多是導演說了算，導演最大。不過日本的技術人員每一個都很專業，導演不年輕，但副導、場記都比導演資深（在台灣通常是新人做場記），彼此互相尊敬，大家一起合拍作品的感覺。如果把電影比喻成餐廳，則大廚師就是導演。大餐廳需要很多人，廚房要切生魚片的，也要炒菜的，要烤東西的，要炸東西的，每個人都還要助理。外場也很重要，就算有好的料理，如果服務不好就生意不好，另外，洗碗也很重要。老闆要控制預算，不能太摳，也不能太大方，我們就像是在台灣開日本料理店的感覺。

拍片久了，工作人員幾乎都認識了。因為造型組（化妝、服裝）只有一個翻譯，所以我常常幫他們翻譯，化妝師是平常北野武的電影工作人員。流血的血漿是化妝師準備的。我很喜歡她特製的血漿（每個化妝師的配方不同），所以一直讚美，最後她送了我一瓶。後來拍短片的時候用她的血漿，很得意地跟同學說，我的血漿跟北野武用的一樣。

攝影師是得過日本奧斯卡攝影獎的得主，大家叫他柴やん（Shibayan）。但是台灣工作人員問我，為什麼大家叫他「胯下癢」？後來發現台灣人說「雞巴癢」。那時候，我第一次學到「雞巴」這個詞，拍片真的可以學到很多東西。

我開始忙演戲，以為自己紅了

接了幾部翻譯工作後，越來越熟悉電影圈。但是問題來了，我是個不能只做一件事情的人。做翻譯的時候，想做演員；做演員的時候，想做電影導演；做電影導演的時候，想做廣告導演；做廣告導演的時候，想做廚師。這個行為就是犯賤。

剛好那個時候，兩部連續劇找我演戲。一部戲叫《家有菲菲》，另外一部戲叫《愛情合約》。這行很奇怪，不忙的時候連個屁都沒有。忙的時候，所有的戲都卡在一起。為什麼會同時拍兩部戲呢？《愛情合約》的導演是《給我一支貓》的副導——許肇任導演。《家有菲菲》的製片是《給我一支貓》的副導——林育賢導演，他們兩個都找我演戲。我很重視緣分，因為從第一部戲到現在，我都是靠緣分生存。

體驗到軋戲的忙碌，從不同導演身上偷學

同時拍戲叫做「軋戲」，不紅的人最好不要「軋戲」。製片在喬時間的時候會想如果是主角就算了，配角軋什麼戲？還好我們劇組的製片很善良，讓我軋戲。我那時候沒有經紀人，自己要協調念書、餐廳打工，真的忙不過來，只好先休學，也請假暫時不打工，專心拍戲。

先說《家有菲菲》好了，其實這部劇沒有那麼多人知道。藍正龍是男主角，許瑋甯是女主角。二〇〇三年，剛開始用ＨＤ加電影的鏡頭拍攝。其實，電視劇通常拍得很快。為什麼？因為電視通常燈打得快。電視與電影的最大差別是打燈，一個是在家的小小螢幕看，電影是在大銀幕看的。但是，這部《家有菲菲》的攝影師是在好萊塢工作的台灣人。燈光組、錄音組、美術組都是平常拍電影的。混音還是杜篤之大師（得了多次金馬獎

的最佳音效獎），他是第一次拍電視劇，每個人的要求都很高。有一次錄音師跟我說，你動作不要太大，因為迷你麥（貼在身上的小麥克風）會摩擦。我聽到傻眼，因為錄音師一般不會管導戲的事。換個角度看，每個人都超專業，所以拍出來的質感也真的很好。但問題是，要花很多的時間拍攝。

連續劇通常照著劇本來唸台詞，沒有時間磨戲，所以劇本要背好再過來拍。其實，演員背台詞是應該的。但是，《給我一支貓》與《愛情合約》是不一樣的。許肇任導演是現場磨戲的，天天換台詞，劇本是參考用的，他要的是自然的台詞。很多人說，我演《愛情合約》的時候很自然。因為我沒有在演戲，劇中的服部幹久與北村豐晴幾乎是同一個人。一般來說，「他只會演自己」這句話聽起來不是好話，但很多人連自己都演不出來，顯得不自然。很多人認為，像八點檔那種很用力演的戲才好。但我認為好的演員，就是看不出來你在演戲。

我同時跟不同風格的導演、不同的團隊拍戲。當演員的時候，還是會學習當導演。對我來說，許肇任導演是想法最接近的師兄，很多東西是從他那邊學來的。我認為當導演最難的事情是，拿捏現場的氣氛，讓演員容易進入戲中的角色，讓工作人員投入一部戲。許肇任導演很會做這些。

拍完兩部電視劇，然後呢？

拍完兩部連續劇，非常有成就感，我很期待播出這兩部連續劇的效果。結果我不知道是不是我運氣不好？能演出連續劇，代表運氣很好，但是從拍完到播出，也是有很多狀況的。《家有菲菲》拍完之後，直到播出之前隔了很久。反而是《愛情合約》這一部拍完很快就播映了。但是這部戲的酬勞，一直拖到拍完戲都還沒拿到，一毛錢都沒拿到，而且我還提供自己的摩托車。因為戲中有一個演員用了我的摩托車。戲中最後有車禍的情節，然後摩托車摔壞了。製作公司說要賠我，所以我就先買車。最後我是買了摩托車，但是沒拿到錢，後來製作公司還跑路了。等後來真的拿到錢的時候已經過了一年多，而且也不是全額。不過，這部戲的觀眾反應很好，賀軍翔與林依晨紅了，而我的知名度是增加了，但是我卻變窮了，比在餐廳打工的時候還窮。那時候才發現，演藝圈這條路真難走。我演兩部連續劇之後，再也沒有拍過長的連續劇，都是客串，或是演電影。之後我專心走導演這一條路，這條路，還是又長又不好走！這就是北村豐晴二十九歲的冬天。

有時候試著放手，
才能拿到新的東西，
所以不要放棄，
試著放手。

沒事真的不要亂軋戲

飾演《愛情合約》裡的服部幹久。攝影：王瑤慈

拍攝《家有菲菲》時的現場工作照。攝影：大夏數位傳播

二十九歲，進入人生鬼打牆

我從小沒有瘦過，但不是像現在這麼胖。以前別人對我的形容詞是壯壯的。我大概是從二〇〇一年開始變胖，從此我的形容詞變成了胖胖可愛的日本人（可愛是自己加的）。

我變胖的原因有三個：第一個，吃太多。第二個，不運動。第三個，開始不在乎外表。

感情穩定，收入穩定之後，約會只去吃飯喝酒。通常是情侶一起變胖。而且，那時候的女朋友在餐飲業上班。餐飲業的人，平常去別家餐廳吃飯時，會點特別多的菜。好像到餐廳就是要嘗試各種不同菜色，不吃對不起自己的感覺。

我當時最有興趣的菜就是義大利菜，平常在餐廳吃的員工餐是義大利麵。放假也吃義大利菜，一年大概有三百天都吃義大利麵，不膩嗎？不會！我想我上輩子應該是義大利人。直到二〇一四年我得了「基底動脈偏頭痛」。醫生說，以後我不能再吃番茄、起司、柑橘、巧克力……等食物。還好我那段時間猛吃這些東西。

所謂啤酒肚是騙人的

我是每天喝酒的人。在二〇〇九年痛風之前，我每天最少喝兩瓶台啤。對我來說，喝台啤和喝水一樣。日本人進居酒屋後，開口是先來「一杯生啤」；在台灣我是「先來杯台啤」。

我超愛海產店，熱炒搭配台啤是我的最愛。在二〇〇五到二〇〇九年這段時間，我迷上海產店。那個時候，我還沒有臉書，不然的話，我幾乎每天都在海產店打卡。為什麼這麼愛海產店，我覺得台灣的海產店等於日本的居酒屋，就是熱鬧、吃吃喝喝。有人問我，為什麼要每天喝？我回問，你每天洗澡吧？就是這個意思。洗澡很舒服，洗澡讓我覺得自己變乾淨；喝啤酒讓我覺得心靈被淨化。不瞞大家說，我的肚子很大，我一直以為是台啤害的，但是，我戒啤酒六年後發現，肚子還是很大，甚至變得更大。所以，我能證明，啤酒肚是騙人的。

在海產店，我一定要點蝦子（燙或炸的，有時候都要）、蟹黃豆腐、炸龍珠、三杯花枝、絲瓜蛤蜊，這些都是我點的基本款，所以我三十二歲得痛風不是沒有原因。我現在只抽電子菸，但是，那時候抽菸抽得很凶，每天要抽兩、三包。基本上，可以抽菸的地方就抽。抽菸、喝酒，又熬夜，我的身體當然受不了，幾乎每個月都會感冒一次。我同事問我，你有月經嗎？為什麼每個月都有一週臭臉？因為我一感冒就沒心情，開心不起來。有過戒菸經驗的人都知道，戒菸非常難，而戒酒更難。感冒的時候不想抽菸，我覺得趁生病順便戒菸，但是感冒一好就開始猛抽。如果我只能提醒十七歲的自己一句話，我會對他說，不要抽菸，抽菸會害死你。

三十歲前的焦慮

二〇〇四年，我二十九歲，內心開始不安、焦急。因為我快要三十歲了，人生三十而立，但是，我連開始都還沒。三十歲，至少要站在夢想的起點。那時候的我，還在念書、打工，夢想還沒成真，想要拍電影長片的夢還有一段距離，需要繼續努力。理論上，我知道要怎麼做：先拍短片，得獎之後，再拍公視的人生劇場，接著再拍電影長片。

問題是怎麼拍短片？拍短片需要資金，雖然我知道台灣有輔導金，但我是外國人不能申請。公視可以申請補助，但需要一部作品，即使我有作品，卻還沒有到達業界的程度，根本是鬼打牆。

我想拍我的代表作品，但是我沒有題材又沒有資金，我只能繼續演戲，繼續做現場翻譯，我要累積經驗，雖然遇到鬼打牆，但是我從來沒有放棄過。內心很焦急，但是又充滿希望與自信。

現在回想起來，哪裡來的自信？年輕就是這樣。什麼都沒有做過，反而不怕。如果有試過或失敗過的話，應該不可能這麼有自信。我好像是演員、導演、廚師，但其實什麼都不是，這樣的半吊子滿悲哀的。我的二十九歲，帶著很多的不安與滿滿的夢想。

我小時候，
以為中森明菜與中山美穗
是不會大便的，
但後來發現，
明星也是人，
我和他們的共同點就是
——都會大便。

人生三十而立？我連站都還不會

每個人三十歲的時候都不敢相信吧？我也是其中一個。十八歲的時候覺得三十歲已經很老。雖然我已經四十三歲了，但沒想到自己還是這麼幼稚。跟十八歲的時候沒什麼兩樣，只懂一點吃與喝。人生三十而立？但是那時候的我，連站都不會，還趴在地上的感覺。古代與現代應該有點差異，對我來說，三十五而立，四十五而不惑，晚個五年差不多。

就這樣邁入三十歲

在我三十歲生日那天，我想做我沒做過的事。想了半天，結果我去穿耳洞。本來高中時就想穿，但是那個時候，大家都有穿，所以我就不想了。後來我覺得，一個男人在「三十歲生日穿耳洞」這件事應該很好玩。

我去東區統領找一家賣耳環的，我想戴的耳環是圈圈形狀。因為我喜歡電影《終極神鷹》裡布魯斯威利的造型，他戴很多圈圈耳環。不過，老闆娘說，不能一開始就戴圈圈，要先戴普通耳環，習慣之後才能戴圈圈耳環，所以我挑了一個。

老闆娘問我耳洞要穿哪裡？我說只要左邊就可以。她聽完就開始幫我搽萬金油，我以為穿耳洞是用專門的針，而且有手術台之類的。沒想到，在小小的店裡，搽萬金油，然後直接用耳洞的針來穿，老闆娘還在店裡吃便當。我不知道，那位老闆娘穿了多少人的耳洞，因為她一下就穿好，而我卻嚇呆了，老闆娘又開始吃她的便當。我則是有種失去了處女膜般的失落感。照鏡子還感覺不到有什麼分別。如果是現在的話，馬上拍照後放在臉書炫耀。回去的路上，感覺大家都在看我的耳洞和耳環。

那時候的我，大學六年級。在義大利餐廳打工，演過幾部戲，小有知名度。大家認得我，但是講不出名字。跟女朋友在一起六年，感情穩定到不行。不像情人，比較像家人。其實，我也沒有跟同一個人在一起這麼久過。我一直想要一段穩定的感情。沒想到，穩定之後這麼平靜，失去了激情。

我邁入三十歲，雖然一直都有賺錢，但是一直都在花錢，一存到錢就買東西，然後月底就沒錢了。雖然有電影夢，但是不確定是否會實現；對自己有自信，但其實沒信心。同鄉同學幾乎都結婚生小孩買房子，他們說很羨慕我有夢。在現實與夢想之間，就這樣邁入三十歲！

有沒有fu，對拍電影很重要

我大學第五年（延畢第一年）的時候，要準備拍畢業製作。我開始覺得自己可以拍成不是學生片的電影。之前的學長姊跟我說，畢業製作需要很多錢，其實不是需要，是想要，很多人都會去借錢來拍戲。其實學校有畢業製作補助金，如果企劃書寫得好就可以拿到，但是我沒拿到。我那時候跟蕭力修（《阿嬤的夢中情人》共同導演）講好說，我導就你當攝影，你導就我當製片。結果蕭力修的案子拿到十萬元，但是這個案子是近未來」的片，如果現在我拍這個劇本，三百萬元也不夠用。故事講的是近未來的複製人，衣服、場景、道具都要訂做。我們設定的未來是，第三次世界大戰之後的毀滅世界。我認為這個題材很適合蕭力修拍攝，這也是我第一次用製片的角度看電影。

當個到處籌錢的製片

當製片最重要的事情是籌錢，我們開始到處找錢，但是卻找不到錢。我想到一個好方法，就是參加短片比賽得獎賺錢計畫。剛好有一個戒菸短片比賽，第一名是十萬元。我不知道哪裡來的自信，覺得我們辦得到。製作費是三千元，演員是台藝戲劇系的同學與我。攝影機是《神的孩子》另外一個製片唐牛（張明浩）的。他是廣電系的學生，但很愛混電影系。

拍的場景是學校跟華山藝文中心，現在的華山有重新規劃，所以很漂亮。但是當時的華山完全是廢墟，我們是偷偷進去拍攝的。我們拍的場景是廢墟的二樓。我還記得，那天我跟大家說：「地板很脆弱要小心！掉下去不是開玩笑的！」結果，我不小心踩到壞掉的地板。整個身體掉下去，不過還好我肚子大，肚子卡到了。從一樓看，就是從天花板長出腿來的感覺。如果我是個瘦子就掉到一樓了。那邊的一樓是一般的三樓高，真的沒在開玩笑，現在想到就覺得很恐怖。

雖然我們拍的是戒菸短片，但是每一個工作人員都抽菸抽得跟菸筒一樣，我們拍了兩天的戲，自己後製就完成了。頒獎那天，我們想要的是第一名的獎金，聽到得第三名的時候，其實很失望。結果，第一名從缺，我們都很傻眼。所以二〇一五年的金鐘獎（當年的主持人獎從缺），很了解藝人們對於綜藝節目主持人獎從缺時的反應。不被認同的感覺，真的很令人失望。

找演員、找攝影、找配樂、找場景

我們的A計畫失敗了。我問蕭力修要不要放棄？他想要堅持拍下去，所以我想到的下一個B計畫是——省錢拍戲。這次的工作人員全部沒拿錢，連攝影師沈可尚（電影、廣告導演，拍什麼都得獎的導演）也沒拿，他是我們台藝大的學長。那時候已經成了廣告導演，但是他把一個月的時間空下來給我們，真是太感動了，因為我們找到很強的攝影師。

下一個要找的就是演員。因為我們沒有酬勞，所以不能找線上的演員，只好在《破報》（那時候文青界最紅的免費報紙）與網路上應徵演員。我們沒有辦公室，所以借朋友的咖啡廳二樓試鏡。

試鏡是在二〇〇三年三、四月執行的，就是SARS正流行的時候，而且咖啡廳在西門町，但我不知道哪裡來的自信，完全不怕。我媽媽從日本寄很多口罩給我，但我幾乎沒戴。我們試鏡了很多人，都沒有出現「就是主角！」的人。有一天我跟蕭力修走在西門町的時候，看到一個很有魅力的男生，而且他走路有風。

我們跟他在西門町六號出口附近的騎樓交錯。那時候我有一種「他就是男主角！」的感覺。我跑過去追著他問，有沒有興趣演戲？他說有演過廣告，但沒有演過戲，我問了他的PHS手機號碼（現在已終止服務，但那個時候滿流行），約改天試鏡。

他的名字叫鳳小岳。那時候他國中三年級，十五歲。男主角決定好，找其他角色就比較容易了。男主角是混血兒，那其他人也要朝不像台灣人的方向去找。

我們在開拍前就找好配樂，找到了「草莓救星」，希望他們為這部電影做配樂，但是沒有預算付他們酬勞。當時他們已經小有知名度，於是我厚臉皮地請他們幫忙，還好和他們一聊就合得來，再加上吉他手Amy又是電影其中一位演員，於是他們答應幫忙。

拍電影是團體藝術

這部片其中最困難的部分就是場景，我們不可能搭景。所以要找現成可以拍的地方。找景是製片組的工作，我們要的場景是世界末日後的近未來。我開始苦惱了，到處找廢墟。台北其實有很多廢墟，但又不能太廢，還需要可以拍片的程度。終於找到了幾個景，但攝影師沈可尚看過之後說「沒有感覺」。我第一次聽到時，完全聽不懂。不行的原因是沒感覺？不過，這句話影響到我未來的拍片人生。有沒有fu，對拍電影很重要。

他說，如果台北找不到，就往南部找吧。結果，他買了一台車，我們都嚇到，因為他並不是非常有錢，但就是這麼講義氣。他說：「反正以後也需要用到車，不是為了你們，沒關係。」不過，他喝完殺青酒後開車被抓，駕照被沒收，最後就把車賣掉了。真心感謝這台車子。

我們後來在台北、台中、鹿港三個地方輪流拍，二十個人住在鹿港天后宮香客大樓的大通舖睡覺。沒有人抱怨房間髒、不跟大家一起睡，大家都是純粹享受拍電影。我感受到拍電影是團體藝術，到目前為止，我還沒遇到那麼團結的團隊，拍出來的效果也很好，這部片入圍金馬獎最佳短片與最佳視覺效果（對手是王家衛導演的《2046》）。我以製片身分參與柏林影展青年導演論壇。拍完這部片後更有自信了，相信我有一天一定可以拍電影。

---

7 近未來（Near Future）是西方科幻的一種分類，相對於遠科幻（Far Future）而言。當然這只是約定俗成模糊的分類，目前對近未來科幻的定義是：發生在現代或未來幾十年內，其科學原理已為讀者熟悉並且其技術已經在應用或在發展中。

第一次

擔任電影製片

當年十五歲的鳳小岳，我一看就覺得他是《神的孩子》男主角。

我在《神的孩子》裡飾演神父，等待拍戲時的模樣。

拍攝《神的孩子》的工作照。

跟大師合作1——侯孝賢

拍完《神的孩子》後，我有點信心，感覺離真正的導演前進了一步。那時候我的翻譯師傅小坂女士幫我介紹工作。侯孝賢導演要去日本拍電影《珈琲時光》，我去當工作人員，我聽了開心到跳起來。我當助導參加拍戲，工作團隊都是資深電影人，包括李屏賓攝影師、杜篤之混音師、廖慶松剪接師……等前輩。

雖然我那時候已經歷過幾部日本片的翻譯，但這次不一樣，當侯導的助理，對我的導演人生來說是非常好的經驗。因此，我隨身帶著本子，想到什麼就馬上寫下來。

演員是一青窈、淺野忠信、小林稔侍、余貴美子……等都非常有名。

但我還不認識一青窈（她那時候已經紅了）。第一天跟工作人員吃飯時，有機會跟她聊天，我覺得這個人又親和又可愛，就問她的名字。她很禮貌地說：「我是一青窈。」我整個囧到不行。如果在戰國時代，我可是要切腹呢。

侯導真的和其他導演不一樣

雖然我的名稱是助導，但侯導很少跟我說要做什麼，他沒有特別叫我做什麼，所以我要先猜想他要什麼！他比較常自言自語，我都不曉得他是跟我說，還是對自己說？因此，我一直注意侯導，聽到他自言自語時馬上做。

他對演員非常溫柔。戲裡頭演員住的地方，侯導會親自整理，擦東西。「我要拍的不是戲，我要拍的是生活。」侯導講這句話的時候，旁邊只有我，我就馬上寫在本子裡。有一場戲在廚房，侯導碎念說「balabalaa

蒼蠅balabalaaa」。

我以為有蒼蠅是正常的，所以沒有理蒼蠅，結果後來看到他要打蒼蠅，我馬上跑過去處理；真是抓不到導演要的東西，每次都慢了一步。

侯導很在乎演員的感受，尤其是他們吃飯、睡覺的地方，一定要舒服。我當演員拍吃飯戲的時候，有時候真的不想吃。因為感覺很髒。還在打燈的時候，由美術組陳設，沒人去注意食物乾不乾淨？好不好吃？不過侯導的戲，一定沒問題。因為他親自監督，讓演員可以很安心地吃飯（我馬上筆記下來）。

讓演員進入戲裡的角色，這件事很重要。有時候，說哭就哭的演員感覺比較假，進入這個角色，流出自然的眼淚才真實。好的導演就是要讓演員進入戲裡的角色。

侯導希望拍攝正常營業的店面，店員也希望用原來他們的店員。比如說要拍咖啡店，攝影機架在角落，店員正常上班，客人進來也沒關係，繼續拍。我之前接觸的店面拍法是，店面包場，找臨時演員來當店員與客人，排戲之後演員進來再排一次。侯導不是這樣拍的。

侯導的現場隨時會開機，所以大家要隨時準備好。我一開始很不習慣，因為平常拍戲時副導都會喊：「大家準備，攝影機，錄音，開始！」但是，侯導經常隨時開拍，演員有時候還不知道自己被拍了。我也常常發呆，到打板時才發現剛才有拍攝。

本來對拍片工作有點信心的我，遇到這部片就失去信心了，發現我距離真正的導演還差太遠。雖然我很想表現一下，但完全無法發揮，覺得自己很沒用。我每天收工後去打柏青哥發洩壓力，這個行為可以說是逃避，但沒辦法。台灣工作人員在日本拍戲，有零用錢，可以應付每天的基本生活。不過，我把薪水和零用錢都花在柏青哥上，真是糟糕！對，我就是這麼脆弱的人。

侯導是可以控制雨的神

侯導常說，計畫永遠跟不上變化。日本人說，要思考事情遇到變化時的預備，一直在想萬一怎麼樣，所以準備怎麼樣。因此，日本的通告表通常是很準的。一般導演是按照副導排的通告表拍攝，不過侯導有時候會改（其實幾乎每場改）。有一天，侯導說這場最好要下雨。副導說，如果要拍下雨的話必須準備灑水車，但侯導要的是真實的雨，灑水車不可能讓一公里的路都有雨，所以我們等待老天下雨。剛開始不像會下雨的天氣，結果等了一個多小時，真的下雨了（我心裡想侯導是神嗎？）後來，侯導說要拍下完雨的樣子，所以又要等雨停。結果，雨真的停了。我心裡確定了，侯導是神！我相信有電影之神，而且電影之神愛侯導。

《珈琲時光》的經典畫面就是，坐不同火車線的男女主角，在火車接近的時候，他們畫面裡看起來很靠近，但其實他們坐不同線的火車。日本的JR火車不能申請拍戲。因此，我們偷偷地拍攝，為了這場戲，每天下午都在拍。機會只有一到兩次，沒拍到就要等到第二天。再加上是偷拍，所以不能被發現。但是，工作人員都穿黑色T恤，每個都長得壯壯的，而且攝影機很大台，誰看到都會覺得很奇怪。這場戲我們拍了兩個禮拜，我不知道電影中那一幕是哪一天拍的？不過，真的是經典畫面。這一個鏡頭沒什麼說話，但張力超龐大的（重點是這一幕在劇本上沒有）。

導演一定要有自己的執著與堅持，更重要的是，找到一個互相信任的團隊。沒有這個團隊，導演的執著會變成任性，堅持會變成固執。所以，我要培養自己的感性以及了解我的團隊。這對導演之路相當重要（我又馬上筆記下來了）。雖然我的酬勞都花在柏青哥上，但這段旅程很值得！

侯導說要拍下完雨的樣子，所以要等停雨。結果，雨真的停了。我心裡確定了，侯導是神！

跟大師合作2——行定勳、李屏賓

隔年又接到日本大製作電影。《春之雪》是三島由紀夫的作品，由行定勳導演。演員妻夫木聰、竹內結子、及川光博、岸田今日子、石橋蓮司等等都是我從小看到大的知名演員。我是攝影師李屏賓（賓哥）的翻譯。我自認為已經接觸了大大小小的電影，應該不會緊張。但是這部片對我而言，壓力太大。

因為賓哥是這部片唯一一位外國人，我是他的翻譯。導演排戲後問攝影師想怎麼拍。八十位以上的工作人員都在等待攝影師，不過大家聽不懂，所以大家馬上看我。這可不是開玩笑的，日本工作人員平常超嚴肅，而且賓哥的攝影運鏡像詩一樣，很難翻譯，看過他的作品就知道。

在日本水土不服，便祕十七天

幾天後發現，這次攝影協助是平常跟導演合作的福本桑，跟導演的默契很好，非常懂攝影，而且會說流利的英文。因此，福本桑幫我翻譯，我沒事做了嗎？並沒有！燈光組、美術組都要跟攝影師溝通，我不能離開攝影師，攝影師去哪兒我就要一起去，跟保鑣一樣。沒想到，在日本水土不服，便祕十七天。

說起來真不好意思，但還是說一下。我平常很會大便，在家如果沒事要大三次也沒問題，幾乎是吃什麼大什麼。這樣的我，十七天沒有大便，本來覺得沒關係，不大便也不會怎麼樣，但超過十天開始很緊張，而且又不能吃瀉藥，拍片中不能離開現場。萬一不小心拉出來，我就不要做人了。第十二天的時候，我的肚子變超大，感覺到肚子裡都是滿滿的大便，連打嗝、流汗好像都有大便的味道。我的幻想是大便無法從肛門出去，開始找其他地方當出口。第十七天，終於吃瀉藥了，我以為會有十七天分量的大便出來，結果，只比平常多一點而已，我很好奇到底十七天的食物跑去哪裡了？

話說回來，行定勳導演是我看過最堅持拍攝的導演，每天拍攝十七小時很正常，放假那天還要勘景，是我人生最辛苦、但收穫最多的一部片。行定勳是影響我的拍攝手法最深的導演，他堅持拍到自己要的畫面。他對於畫面的執著與堅持，我要學起來。

在參與這部電影之前，我很少遇到棚內搭景的戲，因為我認為棚內搭景是電視劇的拍法，電影一定要拍實景。這回我大開眼界了！

原來棚內搭景可以這麼精緻

這部片有很多棚內搭景，品質好的搭景看起來跟真的一樣。故事是一百年前的貴族生活。那時日本比較少一百年前的建築物，有的話也變得太老舊。這部片需要的是大正時代貴族的房子，所以庭院、街道幾乎都是搭景的。有一場竟然在棚內出現森林、湖泊，我驚豔到快昏倒，哪裡來的樹？哪裡來的池？之後拍片時覺得能搭景就搭景，但是問題來了，這樣會花太多錢！從想要棚內搭景到真的拍出搭景，我花了將近十年的時間。所以，拍《阿嬤的夢中情人》第一次搭景的時候，超感動，很想繼續拍棚內的戲，不想拆掉。從此，我愛上棚內搭景，因為不會耽誤拍攝，不用考慮天氣、附近居民，讓我能夠專心一意地導戲。

這部戲的工作人員很多，接近一百個。演員也很多，每個都有經紀人，臨演又特別多，而且是大正時代的故事，髮型、衣服都要花時間準備。跟臨演互動的戲，有時候光排戲就弄半天。為了一個鏡頭，為了一場戲，為了一部電影，電影需要花時間與金錢，導演、工作人員的堅持與意念都在畫面裡。

我那時候大學還沒畢業，也還沒拍到長片，能夠接觸這部片是個很好的經驗。行定勳導演也是從獨立製作變成票房導演。我不能急，要先想出不花錢、不花力氣就能感動到觀眾的劇本。有一天，我也要拍大製作的電影《我的老婆是忍者》，不過已經想了十年，卻還沒開始拍！

拍攝《春之雪》這部電影讓我大開眼界

我在《春之雪》裡面客串時，爸媽來探班。

在《春之雪》的拍片現場，第一次看到森林、湖泊
這樣的棚內搭景，實在是太酷了。

擔任大師李屏賓的翻譯

在日本拍攝《春之雪》，我竟然緊張到便祕十七天。
這張照片裡，我是攝影師，賓哥假裝是我的助理，
左前方假裝當場記的是今井孝博（目前也是日本有名的攝影師）。

沒有第一部電影，永遠沒有第二部

文憑到底重不重要？我大學念了七年（休學兩年），跟醫學院差不多。因為英文一直都沒過。我從國中開始就跟英文老師合不來，日本的英文課超級無聊，筆試一個字都不能寫錯（或許台灣也一樣），最不喜歡的是老師那種「怎麼樣！我會說英文yoyoyo」的態度，英文課本一點都無法吸引我。

為什麼很多日本人不會講英文，我聽到的傳說是因為戰後美國人覺得如果日本人學會英文，美國人的未來會很危險，所以故意讓日本人學很難懂的英文課本（一點根據都沒有的城市傳說）。

大學也是一樣，我跟老師還是不對盤，最後一年的英文課竟然給我六十七分（七十分就過關）。這樣就不能畢業了。我本來想說算了，大學有沒有畢業，對我來說沒差。

心裡其實很難過，卻不知道該怎麼辦，後來電影系廖金鳳主任，勸我暑假補課。但我要報名時已經結束，只能選擇一對一補課。學費雖然很貴，可是，我真的很想大學畢業！

念七年的大學，終於畢業了

我十八歲的時候，根本沒想過自己會念大學，如果要念大學也不見得考得上。因為，我在日本從沒認真讀過書！

不過，我在台灣不小心考上大學，拍了一部小短片，愛上了拍電影，又拍了幾部短片，入圍幾個影展。演了幾部電影、電視劇，又開始走年輕時的演員夢。我很努力地過大學生活，而且成績都不差，如果英文只差三分不能畢業。我真的很不甘心。

在一對一的英文補課中，我也找到了學英文的樂趣。其實打工的義大利餐廳有很多外國人，所以經常需要講簡單的英文。我不是不喜歡講英文，只是不喜歡英文課。

目前的我，真心期望自己能學好英文，希望有一天可以去菲律賓學英文。這是我的新夢想，為什麼要去菲律賓學英文？我也不知道，但聽起來很吸引人。

二〇〇六年八月，在讀大學第八年最後的暑期補課之後，才拿到畢業證書，但我還沒有拍到電影，甚至連自己導演的短片都沒有（《神的孩子》我是當製片，所以不算是我的導演作品）。

不過，我從沒想過要回日本發展，雖然那時候很懶，很容易放棄，但我超級固執的，所以在拍成電影之前，我絕對不要回日本。

我留在台灣有幾個想法：

一、和經紀公司簽約，專心當幾年演員。

二、自己開餐廳，專心當幾年廚師。

三、考國立台北藝術大學電影所，再繼續念電影。

當時我的兩個麻吉同學，游智煒與蕭力修，都念國立臺北藝術大學電影所了。我考的是第五屆，但還沒聽說有人畢業的學校，因為進去很難，畢業更難！

那時候，公共電視學生人生劇展的短片輔導金，很多都是由北藝的學生獲得。老師都是一線的電影人，只收導演組五個、編劇組五個學生。入學除了考試之外，還需要作品。但是，我沒有代表作，而且對拍戲的要求更高了，不可能隨便拍。如果不隨便拍就需要資金，但是我又沒錢，如果沒作品，就不能考北藝大（哭），又開始鬼打牆了。

當電影導演最難的是拍第一部片，從零到一。沒有第一部，就永遠沒第二部。我不但沒有代表作品，而且那時還沒有台灣身分證，我不能單獨報名短片輔導金，除非有人投資我或自己存錢拍，但我的銀行帳戶永遠只有一、兩萬元而已。

二〇〇六年夏天，我畢業了，但很快就遇到瓶頸了！

在台灣拍電影真的好難

在台灣拍電影真的不容易，尤其是二〇〇八年《海角七號》上映之前更難。二〇〇六年九月，我從台灣藝術大學電影系畢業了，但還是離電影導演之路很遙遠。那時候的台灣新導演，該如何拍第一部電影？最常見的方式是拿到輔導金。比如公共電視的人生劇展有提供輔導金。但是拍人生劇展之前，要先拿短片輔導金來拍短片，而拿到短片輔導金之前，要先自己拍一部短片。另外，也可以寫劇本，或寫企劃書。那時候，幾乎都是這樣的過程。總之，得自己想案子才有機會。

以下的文章是我報考台北藝術大學電影所的時候寫的：「未來在本所求學目標與研究方向」。

我求學的目標就是爲了要拍戲。我要當導演、要導戲。我來台灣十年，學電影七年。最近發現在台灣籌錢拍戲很難，反而是申請輔導金或補助金比較容易。但是，我沒有台灣身分證，所以不能申請輔導金，我還是想拍戲，那該怎麼辦？

我想過幾種可能性：

一、當演員（或歌手）後賺錢，認識很多工作人員與投資人之後，自己拍（周杰倫的方式）。我有試過，但發覺自己不夠紅，而且當演員不好賺。

二、寫好劇本後，到處找製作公司投資，找到爲止（席維斯・史特龍的方式）。我有試過，但沒有代表作品，一般製作公司不會冒這個險。

三、當上廣告導演後，自己賺錢拍。我有接觸過廣告界，很多人沒有在創作，單純想賺錢而已。我如果進入廣告界，應該回不了電影界（那時候的我太年輕，現在我不這麼想）。

四、跟其他台灣人合寫企劃書後，申請輔導金。我想這是最適合我的模式。

認識學校的老師，認識優秀的學生，學習新的東西，這才是我要的。

我想拍的東西很多，我現在還沒有寫下來。本所有編劇科。希望請別人把我的構寫出來。因爲我眞的有很多點子必須要寫完，想要拍成影像。目前我在台灣的身分是演員，當演員拍戲的機會不少。但比較挑劇本時，我可以拍的戲很少。當演員的話，沒有機會當導演。不管是拍短片或是拍長片都可以，我就是要拍電影。

考上研究所後，我想做一個小劇團。對於上課的疑問、新學到的東西，就能馬上練習與實驗。我大學時代常常覺得，今天有學到東西眞好，但過幾天就忘了，重要的時候反而用不到，考表演系會比較好嗎？我不要，不想要做舞台劇的劇團，我要做影像劇團，研究攝影機前的表演。

我最近發現自己是個沒有限制，就什麼都不想做的人。沒事做的時候，什麼都沒做，但忙的時候卻可以做很多事，所以要給自己壓力。如果寫劇本沒有期限，可能會永遠寫不完。再加上又囉唆又固執的關係，這樣的我需要念書，需要很好的老師。

現在看以前寫的文章，我的中文能力其實沒變好，大環境也沒變化。我依然沒事做，就什麼都不做，一忙起來就忙死了。我後來跟台藝大的大四同學——游智煒、蕭力修，一起寫了九十分鐘的長片《結束了嗎？還沒》，分成三十分鐘的三部曲。導演其中一部《愛你一萬年》短片。這個企劃也是很妙的緣分。下一篇繼續說。

當導演最難的事情是，
拿捏現場的氣氛，
讓演員容易進入戲中的角色，
讓工作人員投入一部戲。

我終於可以導自己的電影

雖然我大學畢業了，但是我可以當電影導演的機率還是很低，比台灣總統的支持率還要低。如果要拍電影，我必須要拍有質感的短片。雖然我想拍幾個有的沒的故事，但每個都需要花很多錢。那時最想拍的片叫做《屌男》，內容就是有個男人的中指是雞雞的故事。這部是科幻愛情古裝片，需要很多特效，如果拍出來很不得了。片長只有十分鐘，預估要花兩百萬元才拍得出來（有興趣想投資的人跟我說）。

還有老人痴呆症一天的故事，這是黑色幽默瘋狂喜劇片。雖然好笑，但有點黑色；另一個想拍的是台日愛情片，愛情＋異國＋北村風格＝愛情喜劇片。這個北村風格裡頭，有可愛、幽默、色情等元素。

有一天晚上，游智煒打電話來說：「公共電視的學生人生劇展三天後報名結束，要不要一起投投看？」他也同時找蕭力修，那天晚上我們在西門町的茶街聊天。游智煒、蕭力修都開始念北藝研究所了，游智煒的前一個學生人生劇展拍的短片，拿了金馬獎最佳短片。蕭力修也在準備拍第一部長片《神選者》。看到同學們的成長，我當然很開心，但自己卻很焦急。他們都開始往前走一步了，我還沒有。

我必須把握這個機會，跨出第一步，拍出自己的片子。

完成不可能的任務

那天晚上我們討論主題，主題要和勵志有關，當時我們三個一直提出主題，到底提了多少主題，我已經不記得，但最少討論了六個小時。最後，大家感到有點累的時候，有人說：「結束了嗎？」有人說：「還沒。」我忘記是誰說的。但「結束了嗎？還沒」這個主題，對那個時候的我們來說，超適合的。因此，就這麼決定了主題。我對這主題很有fu，有種不要放棄的精神，很勵志，馬上讓我想到原本就想拍的異國愛情片。

我們要在三天內完成劇本，於是再找了一位製片孔鏘（台藝大學長，平常是錄音師，參與過侯孝賢、楊德昌、李安、王家衛等等的工作團隊）。他來做企劃，我們則負責劇本。回想起來，這根本是不可能的任務，因為寫劇本平常最少要一個禮拜，現在則要一個月。

游智煒介紹一位北藝大的編劇給我，他覺得我們很適合合作。他叫簡士耕[9]，後來發現，他有報名參加《神的孩子》的試鏡。我記得他，因為是我幫他試鏡的。我們試鏡的內容是個冷血殺人的角色。雖然他演得很逼真，但他沒入選，原因是太逼真、太可怕了。

我們很有緣，於是我簡單地講了故事給他聽，他聽完很有感覺，給我很多想法。在三天內密集見面之下，完成了三十分鐘的短片劇本，是我認為寫過最好的劇本。其他人也都完成各自的工作，一起達成了不可能的任務。大家都很有成就感，而且都寫得很好，除了我之外的每個人，資歷都超越了學生。我們感覺自己已經拿到輔導金一百五十萬元。

但是，問題來了。我們面試的順序是第一個，從早上八點開始。但因為我們都是夜貓族，早上八點對我們來說，像是一般人的凌晨三點，所以幾乎沒有睡覺就去面試了。因此，該講的沒講，不該講的講一堆，最後沒有選上。

我有好的劇本，但沒有資金。沒有拍到代表作，沒有人找我拍戲，我又開始鬼打牆了。

9 簡士耕，台灣電視、電影編劇，後來陸續寫出很多受歡迎的電影劇本，代表作品是《大尾鱸鰻》《紅衣小女孩》，是目前最紅的編劇之一。

拍電影短片《愛你一萬年》

我們的企劃在公視的學生劇展被淘汰了。雖然我們寫得不錯，但運氣與時機也很重要，只是時機還沒到而已。游智煒接下來找到數位電視電影輔導金，這次是九十分鐘兩百五十萬元的製作費，比學生劇展多一百萬，不過，對手相對很強。基本上都是電視台或前輩們一起競爭的案子。我們心想，反正已經有企劃書，放著也沒用，就投投看吧。我真的很欣賞游智煒的樂觀，他人生中出現很多一般人不會遇到的倒楣事，但他每次都重新站起來，應該可以把過程寫成書，相信每個人看完都會覺得自己很幸福，書名可能是《電影可以重拍，人生也可以！》之類的。

我真的要拍電影了

看到其他報名的名單後，我心裡覺得不可能會中，因為每家都是大公司，但面試那天，我感覺到風向轉了。我們是最後一個面試，時間是我們最有活力的晚上七點。面試的前輩們也差不多累了。我們這次擬好計畫，孔鏘先講些有趣的話，接下來我講好笑的哏，大家都在笑，游智煒也接著熱鬧上場。雖然蕭力修還是不好笑，但他有藝術家魅力。面試從頭到尾全無冷場，感覺好像有一點希望。事後樂觀的游智煒與孔鏘一副好像已經得到輔導金的樣子，我跟蕭力修很冷靜，想著真的中了再說。

過幾天，知道我們得到輔導金時，真的很開心。即使還沒開拍，但我彷彿看到了一條長長的路，路的遠方有著亮光。我很想跟全世界呼喊：「我可以拍電影！我要拍電影了——！」

開心幾天後，問題來了。本來由學長孔鏘來當總製片，我只要負責導演這份工作，但他說，要去大陸做李安導演的《色，戒》錄音工作。以朋友的身分我想對他說，太棒了，可以跟李安導演合作；以導演的身分我只想說，你不當製片誰來當！

最後我還是以朋友身分祝福他，他說：「預算全部給你，剩下的不用還，多出來的自己處理。」於是，《愛你一萬年》的籌備開始了。

因為沒預算租辦公室，所以辦公室設在我家。那時候，我住三房的公寓，跟小豬住在一起。找了老夥伴唐牛來擔任製片。

二〇〇六年開始養豬麗悅，因為接著二〇〇七年是金豬年，我打算養出一隻會演戲，又聽話的迷你豬，當牠的經紀人。牠也有出現在《愛你一萬年》短片裡頭，算是牠的第一部戲。不過我的想法太天真了，養不到一週我就要發瘋了。詳細的情況在番外篇會提到。

我到處尋找演員跟工作人員，大家說好互相支援。我演游智煒的戲，他當我的攝影師。首先，林書宇導演[10]推薦黃健瑋[11]給我，他那個時候還在念北藝大戲劇系，我一開始覺得不對，因為螢幕上的黃健瑋跟我的男主角差太多。黃健瑋是演技派，每天皺眉頭，是個很嚴肅的演員，而我的男主角是台客，超台的那種。雖然我覺得不合適，但決定還是見面聊聊。

第一次見面的時候我嚇到了。我以為他看到劇本後，打扮成戲裡的樣子過來，讓我想到勞勃·狄尼洛，第一次跟導演見面時，會打扮成電影裡的角色。不過，跟健瑋聊完，發現這就是他平常的樣子。我們邊喝邊聊，雖然他長得不怎麼樣，但非常有魅力（這是讚美的話）。《愛你一萬年》的男主角「吳奇峰」是典型的台客，跟一般愛情片的白馬王子不一樣，很邋遢、很粗魯、不修邊幅，但內心充滿溫柔。健瑋是個當男主角的料，和他聊完後很快就決定他是男主角。

男主角決定了，下一個要找女主角。我要找二十三歲左右的日本女孩，還必須要會說中文。在《破報》上徵演員，但來的都是會說一點日語的台灣人，於是我開始找住在台灣的日本人。朋友的朋友介紹小愛給我，她是之前在台灣發展的藝人，後來合約到期回日本了。我主動跟她聯絡，很不要臉地問她，能不能回台灣試鏡？她跟我說：「我願意自費去台灣試鏡。」

我很感動，但是也有壓力。如果她真的來了，我會不好意思拒絕，即使看過她之前演偶像劇的小角色，但那是不能參考的，畢竟小角色與女主角完全不一樣。不過她也是一位歌手，在聽完她的歌後，我有預感她可以當電影的女主角。

第一次跟小愛碰面就覺得ＯＫ，我想像的女主角是，個子小小但很有爆發力。唯一擔心的是，本來年紀設定二十三歲，她那時快三十歲了，好在實際年紀沒那麼重要，感覺最重要。我們男女主角決定好了，接著開始找配角。

我在開拍前兩個月參加黃磊老師開的表演班，因此認識了浩角翔起。那時候，他們還沒有紅，我認為他們演完《愛你一萬年》短片後就爆紅了，之後再找他們拍長片時，被拒絕了，我為這件事情記仇到現在（開玩笑）。他們演男主角的死黨，非常搶戲，黃健瑋與他們之間的火花很精彩。

另外，還有一個自己人——納豆，我們一起演過電視劇，是戲裡頭的死黨。剛認識時，我完全不知道他是誰。在Google輸入納豆，只能找到食物的納豆，但現在打關鍵字納豆，就會出現納豆女友、緋聞之類的，他的成長讓我很驕傲。納豆是天生的藝人，不論是男女老少，和他相處過都會愛上他，而我也非常欣賞他。我要拍短片《愛你一萬年》的時候，納豆已經紅了，開始忙綜藝節目，但他還是挺我，客串一個麵店老闆。如果是臨演來演，會變成很普通的一場戲，納豆一演就變得很豐富。健瑋與納豆是北藝大的同學，兩人之間的火花也很精彩。

每一次，都是一期一會

接下來要找女主角的兩個朋友。一個是性感日本妹，一個是會講日語的台灣人。我找到一位身材很好、會演戲的日本朋友，她曾經在美國學戲劇，叫Michiko。另外，我找到會說中日語的台灣人叫Meg，她演過陳宏一導演的短片女主角。二〇〇六年，她十八歲。如果她講中文有日本腔，那她就是女主角，可惜她的中日語都太好，是個非常有才華與能力的人。如果她繼續留在台灣發展的話，一定會很紅，她後來搬去日本住，因此沒有待在演藝圈。

我們一直都有連絡，但沒見面，後來知道她因為腦腫瘤開刀，有好轉起來。二〇一五年初她來台灣出差，我們本來約好要碰面，後來還是沒見到。她和我說：「之後會常來台灣，下次再見面。」

二〇一五年十月，她因為腦腫瘤惡化，走了。我在臉書上看到消息時，真的不敢相信。拍《愛你一萬年》的時候她剛好過十九歲生日，我買了蛋糕到現場幫她慶祝，她像個小女孩一樣開心。

然而，她二十六歲就走了，真的太早了。人們很常說，下次再見面，但是已經沒有下一次了，真的很後悔，再也不能見到她。一期一會。我們的回憶只是一部影片，但在影片裡的回憶，還是會一直留下來。合掌。

---

10 林書宇，台灣導演，曾拍過《九降風》《星空》《百日告別》，著有《你走了以後，我一個人的旅程：林書宇的百日告別》。

11 黃健瑋，台灣男演員、戲劇指導。劇場演出經驗豐富，亦參與相當多的電影及電視劇演出，近期作品有《麻醉風暴2》。

做自己喜歡的事情十年，一定會有成果！

第一部電影往往代表這導演的原味，雖然預算不多，很粗糙，不成熟，不完美，但是非常有個人風格。我學生時期看過喬治・盧卡斯、史蒂芬・史匹柏、李安等等，好萊塢大導演們的第一部電影，每部都有他們的獨特風格。我知道自己不能跟他們比，但短片《愛你一萬年》已經有我的獨特風格：愛情、好笑、可愛、色情、動畫、感人。這是我目前每部影片都有的元素。

這部片是第一次用到動畫及特效，因為我喜歡在寫實中遇到非寫實，增加趣味及可愛。

本來音樂想用伍佰老師唱的〈愛你一萬年〉，但版權費太高買不起，決定自己製作〈愛你一萬年〉。這次配樂是第一次完全為了整部片配的，配樂是馬念先[12]，我跟他是在拍吳米森的短片時認識的，他是個幽默又風趣的人。

我找工作人員的原則是，喜歡他的作品，或喜歡他的個性。如果兩個都喜歡就完美，而馬念先就是完美！

短片《愛你一萬年》是我很滿意的作品。其他兩部短片的導演游智煒與蕭力修的作品也不錯，我們完成之後很有信心。我跟游智煒的預算爆掉，所以我們必須要賣版權賺錢。我們總共花了三百萬拍完三部各三十分鐘，總長度九十分鐘的片。我們認為最少三百萬就可以賣掉，搞不好賣國外版權，就能賺錢！

然而，我們遇到一個大問題是，我們找不到通路，也沒有認識電視台的人，只好自己去找電視台。但我們都太年輕，又沒談過版權業務。

主動去拜託的時候，對方對我們愛理不理的，我們不僅去拜訪了任何想得到的電視台，甚至找電影發行公司。這當中唯一願意出錢的是公視，但我們覺得價錢太低，所以拒絕了。花了三百萬拍攝的片子，播映費卻只有十萬元，不可能吧?!當時我們忍不住一直抱怨。

我也找過偉忠哥。那時候我只能送DVD請他看，連見面都不可能。四年後，他看完《愛你一萬年》長片之後，主動跟我連絡。我進他辦公室跟他聊時，心裡很有成就感——我終於進入王偉忠的辦公室了！

大家都說我們的片子不錯，但都不願意出錢購買版權。一開始覺得再去找其他投資人就可以了，後來發現我們拿到的是輔導金，在合約到期之前一定要在電視台播映，如果沒有播出就算違約，我們才知道電視版權的價錢很低，之前幻想的三百萬，簡直是做夢的價錢。

我們最後還是決定找公視，雖然便宜，但至少是唯一可以出錢的電視台。再去找他們談時，他們卻說：「我們可以幫你播，但不會出錢。」心裡覺得很不公平，但是我那時候已經知道，人生是不公平的。總之，為了讓很多人看到我們拍的故事，最後就答應了公視的條件。

結果，公視幫我們安排的時間是星期天凌晨一點首播。

星期天凌晨沒人會看電視吧？隔天一大早要上班呢！星期一只有美髮店與餐廳休息吧？但沒權力、沒關係可靠的我們，只能摸摸鼻子答應了。

我們的片名是《結束了嗎？還沒》。我相信所有作品都有自己的命，做這一行的運氣很重要，想要運氣好的話，就要取個很棒的片名，從片名就可以看出這部片的命運。但我們這部太慘了，一直都在鬼打牆，永遠不會結束的片名。

在電視上播出的時候，我沒有看。有一個製片朋友黃江豐[13]傳簡訊給我說：「好看，繼續加油。」我心裡很開心，因為還是有人看。

不管怎麼樣，我拿到名片了，名片不是紙做的，而是作品。我終於有作品了，終於可以在人家問我在做什麼工作的時候說：「導演，我是電影導演。」

我帶著這張名片，考上台北藝術大學研究所。我帶著這張名片，找到拍攝《愛你一萬年》長片的機會。

二〇〇七年九月我進入北藝大電影研究所，我來台灣十年了，花了十年時間，誤打誤撞地站在導演的起跑點上。那時候，我以為能夠立刻拍長片。結果，又花兩年時間寫劇本，二〇〇九年十月終於拍了《愛你一萬年》長片。

我的步調很慢，慢慢地往前走，有時候方向錯誤，有時候迷路，但我一直都沒停下來過。我真的認為，做自己喜歡的事情十年，一定會有成果。很多人中途放棄了自己的夢想，但沒放棄的人才有機會實現。

每個人美夢成真的呈現方式都不一樣，而我是這樣呈現的。

12 馬念先，原本是台灣搖滾樂團糯米糰吉他手兼主唱，糯米糰解散後以歌手、演員及主持為主，曾於多部偶像劇及電影中擔任配角或客串演出。

13 黃江豐，曾擔任台灣許多重要國片的製片，像是《雙瞳》《20.30.40》《十七歲的天空》《翻滾吧！阿信》《青田街一號》《行動代號：孫中山》《總舖師》《健忘村》等。

我很重視緣分，因為從第一部戲到現在當導演，我靠的都是緣分。

拍攝短片《愛你一萬年》，
工作人員和演員們聚集在一起看拍攝成果。

一直以來，和女演員討論如何演出最有效果、最有感覺，
是讓我最開心的事。

【番外篇】

我心愛的寶貝豬

豬麗悅

這篇要來好好介紹一下我的寶貝豬。

牠是隻個性衝動的牡羊座小豬，

也因為有養過牠的經驗，讓我體會到生命的可貴。

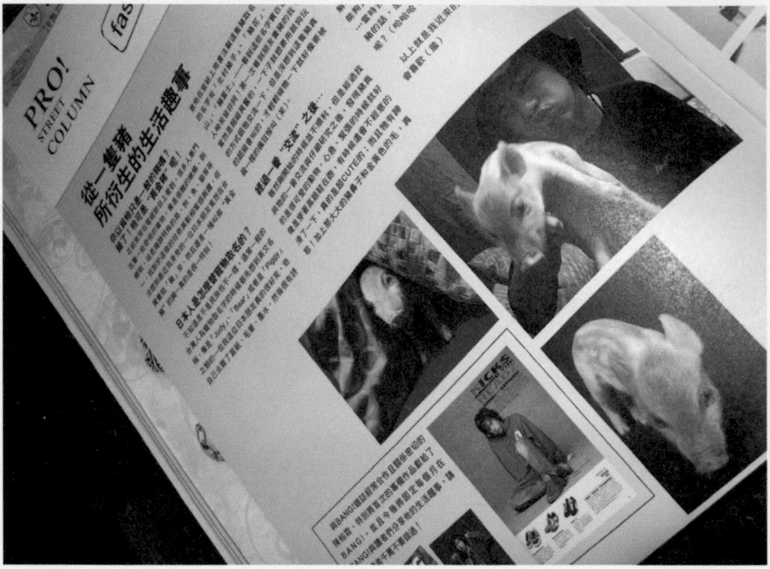

這篇要來好好介紹一下「豬麗悦」。這個名字是在行天宮旁邊花錢請算命師取的。牠是隻個性衝動的牡羊座小豬。牠眼睛大大，睫毛很長，頭髮是金黃色，身材該凸的凸、該凹的凹，堪稱豬界的林志玲。

雖然我看過其他的迷你豬，但牠特別可愛。我為了讓牠當明星豬，從小讓牠跟明星接觸，還曾經跟陳柏霖上過雜誌。我不在台灣的時候，也會請金剛與小甜甜來照顧牠。每個人一開始都覺得牠很可愛，但接觸久了大家都會受不了。

牠是母豬，所以女人的缺點都有。像是任性、有情緒、計較、心機重、以自己為中心

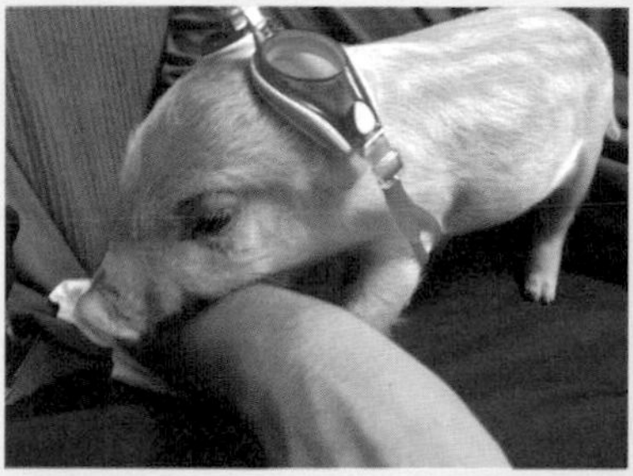

的想法、愛理不理、小聰明、懶惰、唱反調、很暴力、等等……（我不是罵女生喔）優點呢？只有……可愛。

牠在很小的時候，有一次生病滿嚴重的，醫生說有可能會死掉，三天是關鍵期，四個小時要吃一次藥。我只養過一次狗狗，而且是兩個人一起養。第一次自己養豬，再加上很少人養豬，沒辦法問身邊的人。我只能看書，上網研究，聽醫生的話，一直觀察牠。醫生說，有正常硬度的大便出來時，代表好了。平常牠亂大便時，我會大罵，但那三天關鍵期後，在沙發下面看到大便時，我撿起大便呼喊：「太好了——！」那時候，我真正感受到生命的脆弱與偉大。

一般的豬通常都吃廚餘，但是豬麗悅對吃的很講究，很挑食。沒聽過挑食的豬吧？牠吃地瓜，不吃地瓜葉，主食是水果、蔬菜與麥片。牠特別愛吃香蕉，連皮都可以吃掉。我很寵愛豬麗悅，所以總是滿足牠的需求。

書上寫，在迷你豬生長到三個月以前，每天吃三餐，之後吃兩餐就行。所以，無論是出去工作或出門玩時都必須要回來餵牠，所以我那時候不能接超過八小時的工作。

什麼是迷你豬呢？這定義真難，跟什麼是電影、什麼是人妖、什麼是人生的定義一樣難。有些人說一百公分以下、一百公斤以下的豬就是迷你豬。豬麗悦半年就長到差不多八十公分，雖然沒秤過體重，但是牠不算是迷你了。牠的爸媽是迷你豬，但必須連續三代都迷你尺寸，才是真正的迷你豬。我養了牠半年就有不好的預感。

牠喜歡吃、睡和挖東西，而且什麼都挖。有一天，我在沙發上不小心睡著，等我醒來後以為自己做了惡夢，家裡地板被牠挖得很慘，這代表牠很寂寞。

牠力氣很大，弄壞過很多東西，是個破壞女王。像是電風扇、牆壁、電腦變壓器、手機充電器、插頭、沙發、地毯、枕頭、鞋子、衣服、褲子、內褲、書、雨傘、杯子、瓶子、日光燈等等，都被牠破壞了。

雖然牠這麼任性，但我還是要忍耐。因為，我想要當明星豬的經紀人。牠出道的第一部片子就是《愛你一萬年》短片。我那時候住敦化南路，敦化南路中間有草地，我想在那裡一起跑步。一開始用繩子牽牠，我以為習慣之後，牠會跟著我跑，但牠真的很不聽話。

最難的事情是下樓梯。牠像個穿高跟鞋的女人一樣，很害怕下樓梯。就算我抱著牠下樓，牠還是很害怕，會在我的懷裡大便。我從四樓走到一樓時，雙手都是大便。如果用籠子搬到樓下，牠還是會在籠子裡大便。每次我到了樓下就已經累得半死，連走路都不想走了。中途有好幾次我都想放棄當明星豬經紀人的夢，我絕望地想：「豬還是不會聽人的話……」

不過，有一天我發現，只要有香蕉牠就會跑過來，而且跑得滿快，牠果然是在香蕉王國出生的！香蕉是我跟豬麗悦之間唯一的溝通方法，就算牠其實只是想吃香蕉，但我還是有一點成就感。

牠在短片《愛你一萬年》裡有兩場戲，一場不需要動，一場牠要跑過來。雖然我有點擔心，但我

有信心，因為我有台灣香蕉！拍第一場戲的時候，牠乖乖坐下不動，在拍片現場也很穩定。但是，拍另外一場戲時，該動的時候卻不動。

我們在擎天崗拍戲，上山的時候買了很多香蕉。但真正要拍攝時，助理早就把香蕉全部發光了。助理解釋因為牠一直叫，唯一能讓牠安靜的方法，就是給牠香蕉。我快氣炸了，但生氣也沒用。再下山去

買的話，回來天就黑了。我試試不用香蕉，叫牠過來看看，畢竟相處半年，我們已經有感情。可能速度會慢一些，但牠應該會過來。結果牠不但不前進，還一直往後面跑。

原來我跟豬麗悅的關聯，只有香蕉而已。就像是有錢的男朋友突然破產，馬上被拋棄；或只有身體關係的砲友陽萎後，馬上被甩；或是蜘蛛人忘了戴面具的感覺。

這場戲很重要，沒拍到就不完整，我必須要補拍。補拍就要多花費用，但資金已經爆掉。正當我快要放棄時，剛好有電話打來。打來的是金剛，他說：「我跟小甜甜在探班的路上，你有需要什麼嗎？」實在是太感動了。我馬上說：「我要香蕉，除了香蕉之外什麼都不要！越快越好。」

天快黑時，金剛與小甜甜來了，他們兩個像是天使帶香蕉來。我有香蕉就表示蜘蛛人拿到面具了！有了香蕉後，豬麗悅精神也來了，牠演得真好，一次就ＯＫ！果然是明星豬，我感覺到牠的潛力與爆發力。二〇〇七年是豬年，如果牠拍廣告，我就發財了。

十月某一天，房東來我家查看漏水，那是他第一次看到豬麗悅。雖然房東是個脾氣溫和的老人家，但看到牠後全身生氣地發抖。他跟我說：「你搬家，或牠搬家。」因此，豬麗悅不得不離開我家了。剛好朋友的父母親住在山上，他們也養了兩頭豬，願意收養牠。

我跟豬麗悅的生活維持半年就結束了。牠離開後，我家變得很寧靜。早上沒有牠會吵醒我，出去玩時也不用回來餵東西，不需要常去超市買食物，沒有東西被牠弄壞或被挖掉。但是，牠已經挖走我的心，很難補回來了……

豬麗悅，我會永遠想著你

親愛的豬麗悅，謝謝你陪了我一段時間，
不論你現在身在哪裡，我心裡都有你。

後記

本書寫的是我一九九七到二〇〇七年的故事，當初開始寫的時候，我真的考慮了很久，到底要不要寫自傳？因為寫的內容都是發生在自己身上很糗的事。也一直在考慮要不要親自寫？因為我自己口頭講，然後讓別人寫的話會比較快，而且文筆也會比較好。

不過，這次我想自己寫，從第一稿到現在已經花了三年多的時間了，非常感謝耐心等待的大田出版總編莊培園，也感謝編輯陳顗如不斷幫忙我修改一些讓人看不懂的內容，以及行銷團隊的同事們。謝謝

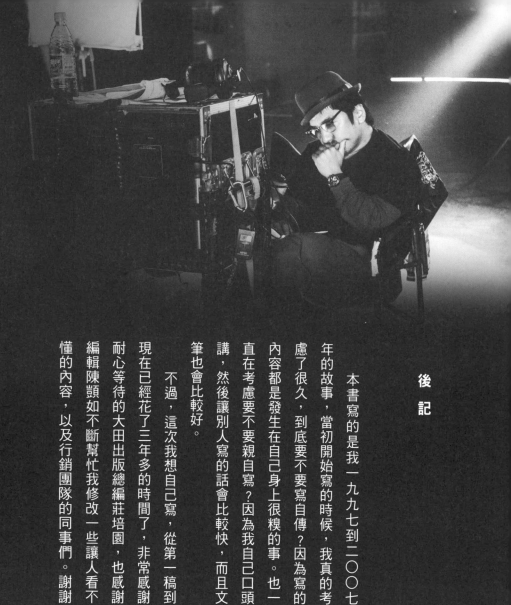

你們的專業。

我很希望自己能夠在台灣留下來一些痕跡，留下我曾經在這裡的證明。二〇〇七年之後，我拍了兩部電影、三部電視劇，演了三十多部影片，還生了兩個小孩。把爸媽一起接來台灣，開了日本料理店。台灣給我很多很棒的回憶。這些都是二〇〇七到二〇一七年的故事。如果這本《騎摩托車戴安全帽那一年》賣得好的話，我要出續集。我是個靠夢想生活的人，年輕時候的夢想一個一個陸續成真，但我還有幾個夢還沒完成，導舞台劇，去菲律賓學英文，去世界不同的地方開餐廳（日本、義大利、菲律賓），還有出書。這次出書的夢成真了。我知道現在買書的人越來越少，所以，你看到這裡代表你買了這本書（好像不一定）。不管你是買的？借的？還是偷看的都沒關係，真的非常謝謝你拿起這本書。我超級正面思考的，對我來說，這就是緣分！因為我們有緣分，你才會看到這本書，期待我們有緣再會！

二〇一七年十月七日 北村豐晴

國家圖書館出版品預行編目資料

騎摩托車戴安全帽那一年：1997 我成為最台日本人／北村豐晴著 .——初版——臺北市：大田，2017.11

面；公分 .——（Dream on；011）

ISBN 978-986-176-508-9（平裝）

861.67 106016463

Dream on 011

騎摩托車戴安全帽那一年
1997 我成為最台日本人

北村豐晴◎著

出版者：大田出版有限公司
台北市 10445 中山北路二段 26 巷 2 號 2 樓
E-mail：titan3@ms22.hinet.net http：//www.titan3.com.tw
編輯部專線：（02）2562-1383 傳眞：（02）2581-8761
【如果您對本書或本出版公司有任何意見，歡迎來電】

總編輯：莊培園
副總編輯：蔡鳳儀 執行編輯：陳顗如
行銷企劃：古家瑄 / 董芸
校對：金文蕙 / 黃薇霓
法律顧問：陳思成
印刷：上好印刷股份有限公司電話（04）23150280
初刷：2017 年（民 106）11 月 10 日 定價：250 元
國際書碼：978-986-176-508-9 CIP：861.67/106016463

From：

地址：

廣告回信
台北郵局登記證
台北廣字第01764號

平信

To：台北市 10445 中山區中山北路二段 26 巷 2 號 2 樓

大田出版有限公司 **／編輯部 收**

電話：（02）25621383　傳真：（02）25818761

E-mail：titan3@ms22.hinet.net

意想不到的驚喜小禮等著你！

只要在回函卡背面留下正確的姓名、
E-mail和聯絡地址，並寄回大田出版社，
就有機會得到意想不到的驚喜小禮！
得獎名單每雙月10日，
將公布於大田出版粉絲專頁、
「編輯病」部落格，
請密切注意！

編輯病部落格

大田出版

大田出版 讀者回函

姓　　名：________________________________

性　　別：□男 □女

生　　日：西元________年________月________日

聯絡電話：________________________________

E-mail：________________________________

聯絡地址：________________________________

____

教育程度：□國小 □國中 □高中職 □五專 □大專院校 □大學 □碩士 □博士

職　　業：□學生 □軍公教 □服務業 □金融業 □傳播業 □製造業

□自由業 □農漁牧 □家管□退休 □業務 □ SOHO 族

□其他 ________________________________

本書書名：0717011 騎摩托車戴安全帽那一年

你從哪裡得知本書消息？

□實體書店 ______________ □網路書店 ______________ □大田 FB 粉絲專頁

□大田電子報 或編輯病部落格 □朋友推薦 □雜誌 □報紙 □喜歡的作家推薦

當初是被本書的什麼部分吸引？

□價格便宜 □內容 □喜歡本書作者 □贈品 □包裝 □設計 □文案

□其他 ________________________________

閱讀嗜好或興趣

□文學 / 小說 □社科 / 史哲 □健康 / 醫療 □科普 □自然 □寵物 □旅遊

□生活 / 娛樂 □心理 / 勵志 □宗教 / 命理 □設計 / 生活雜藝 □財經 / 商管

□語言 / 學習 □親子 / 童書 □圖文 / 插畫 □兩性 / 情慾

□其他 ________________________________

請寫下對本書的建議：

※ 填寫本回函，代表您接受大田出版不定期提供您出版相關資訊，
大田出版編輯部 感謝您！